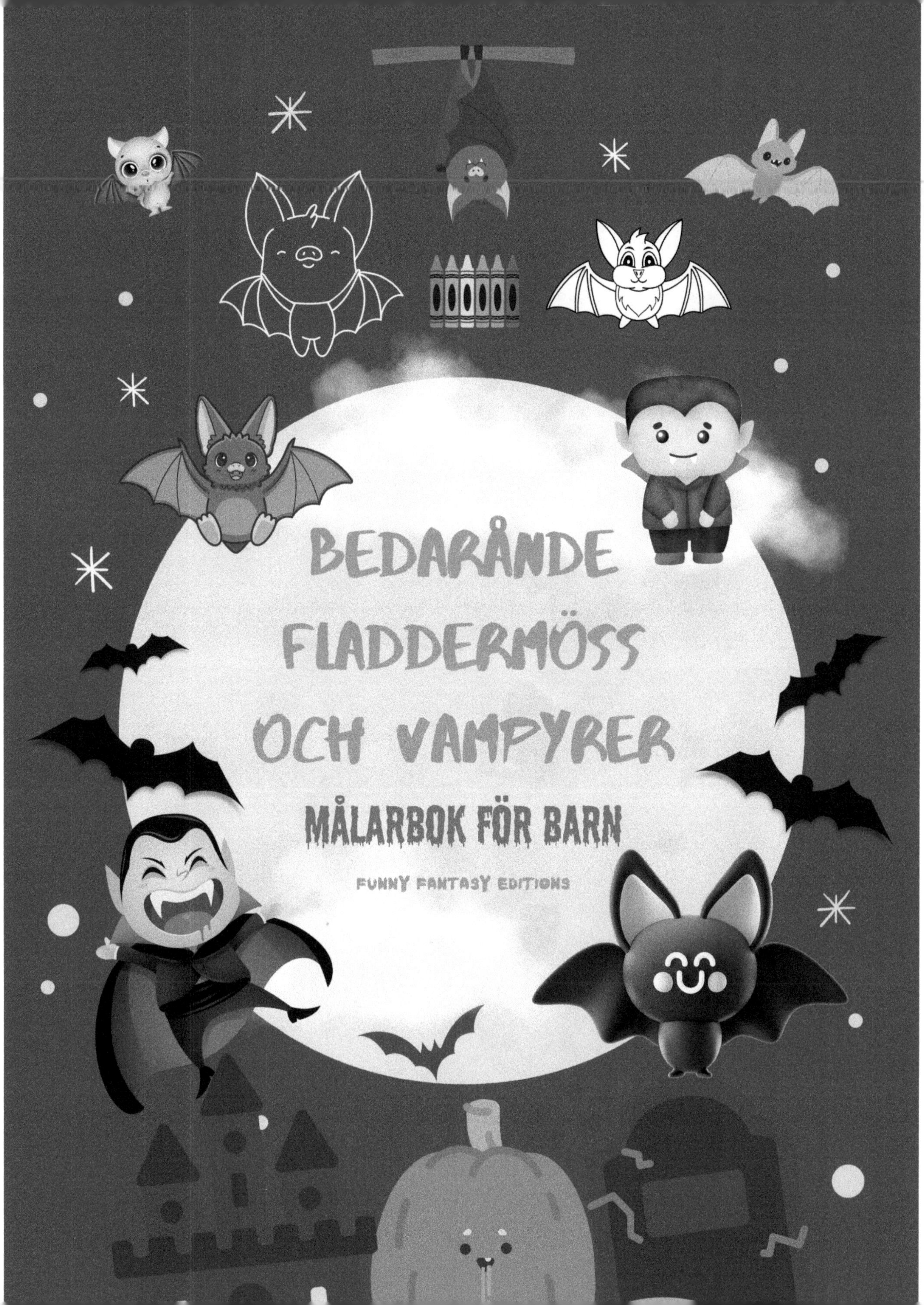

BEDARÅNDE FLADDERMÖSS OCH VAMPYRER

MÅLARBOK FÖR BARN

FUNNY FANTASY EDITIONS

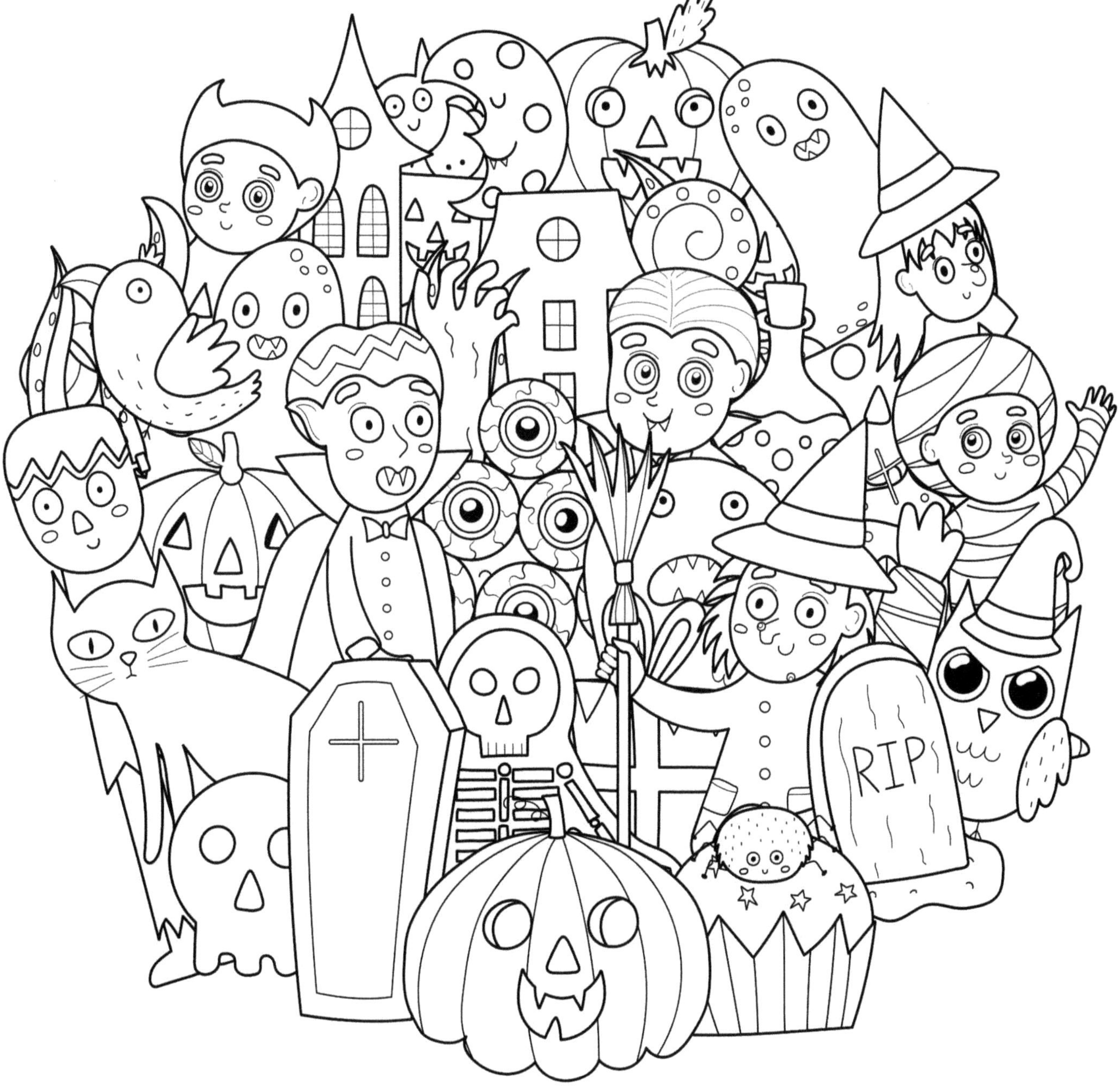
RIP

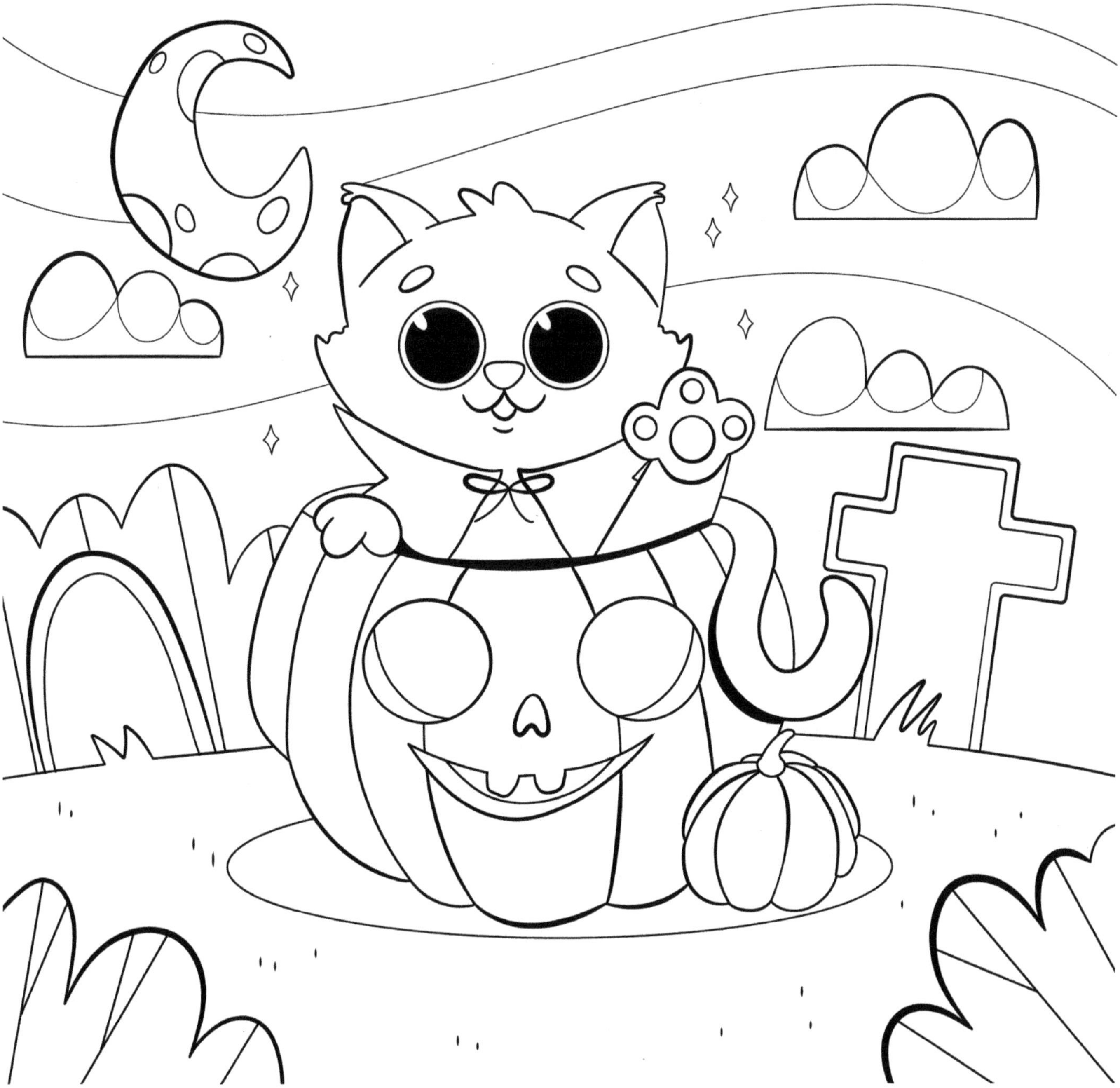

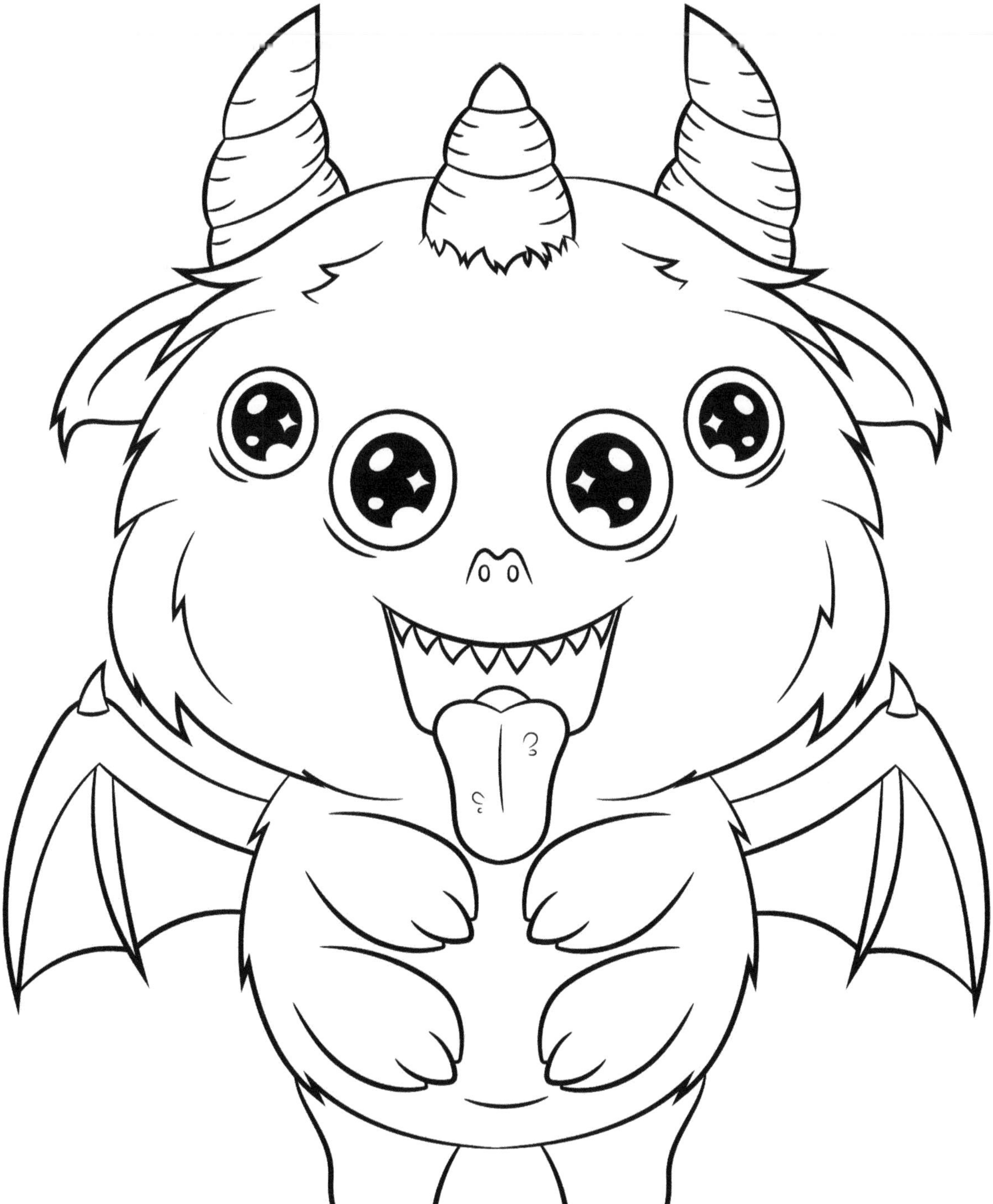

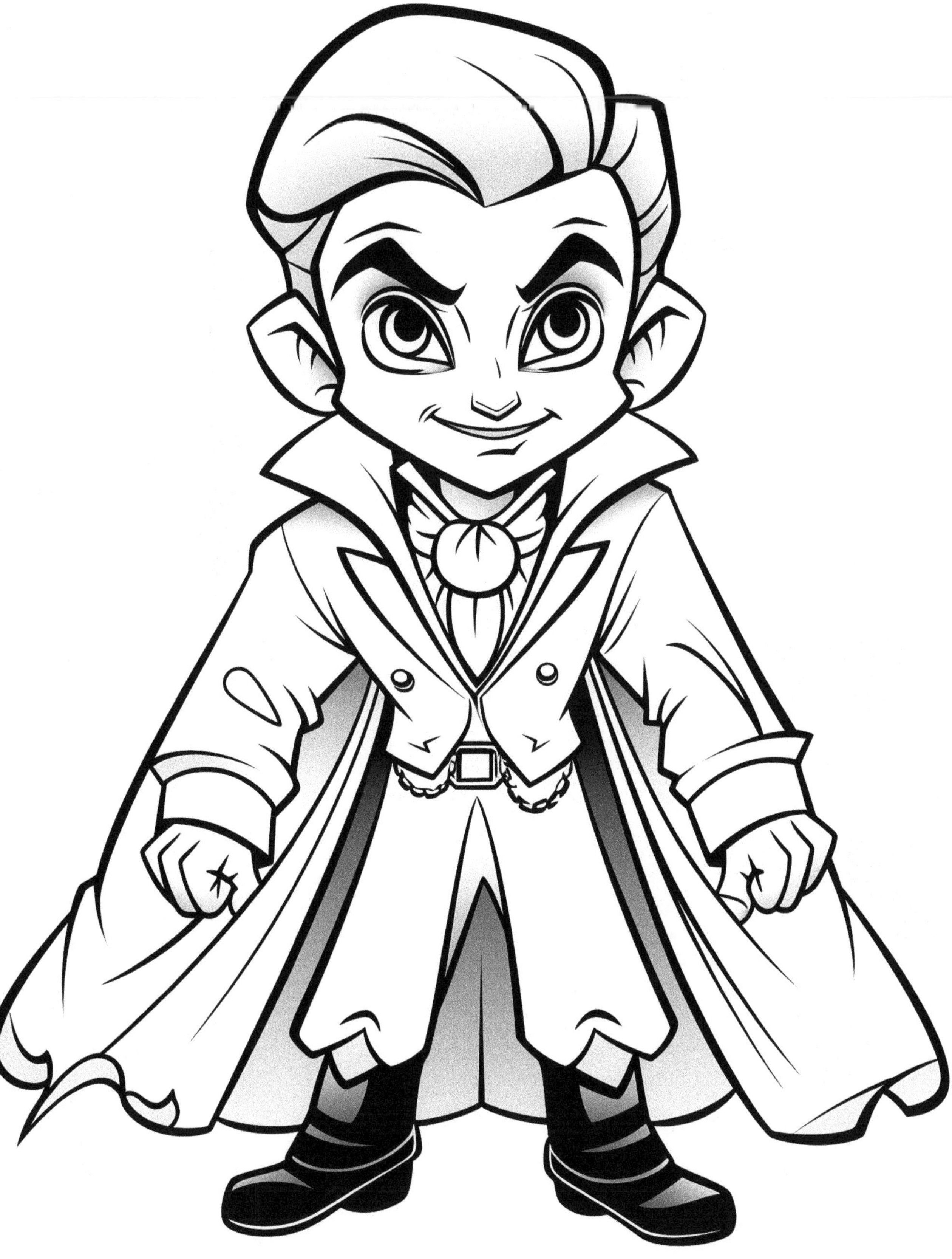

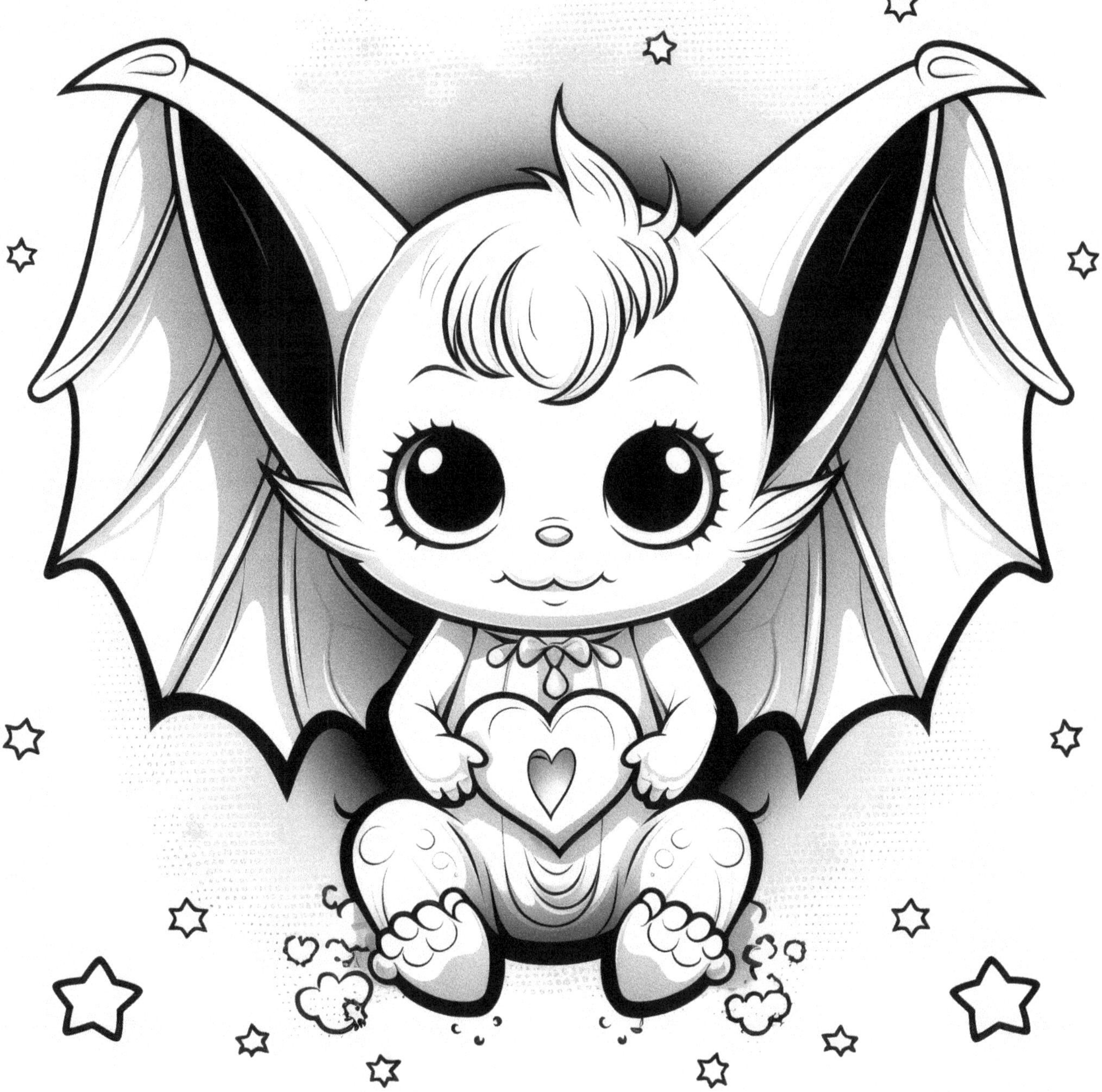

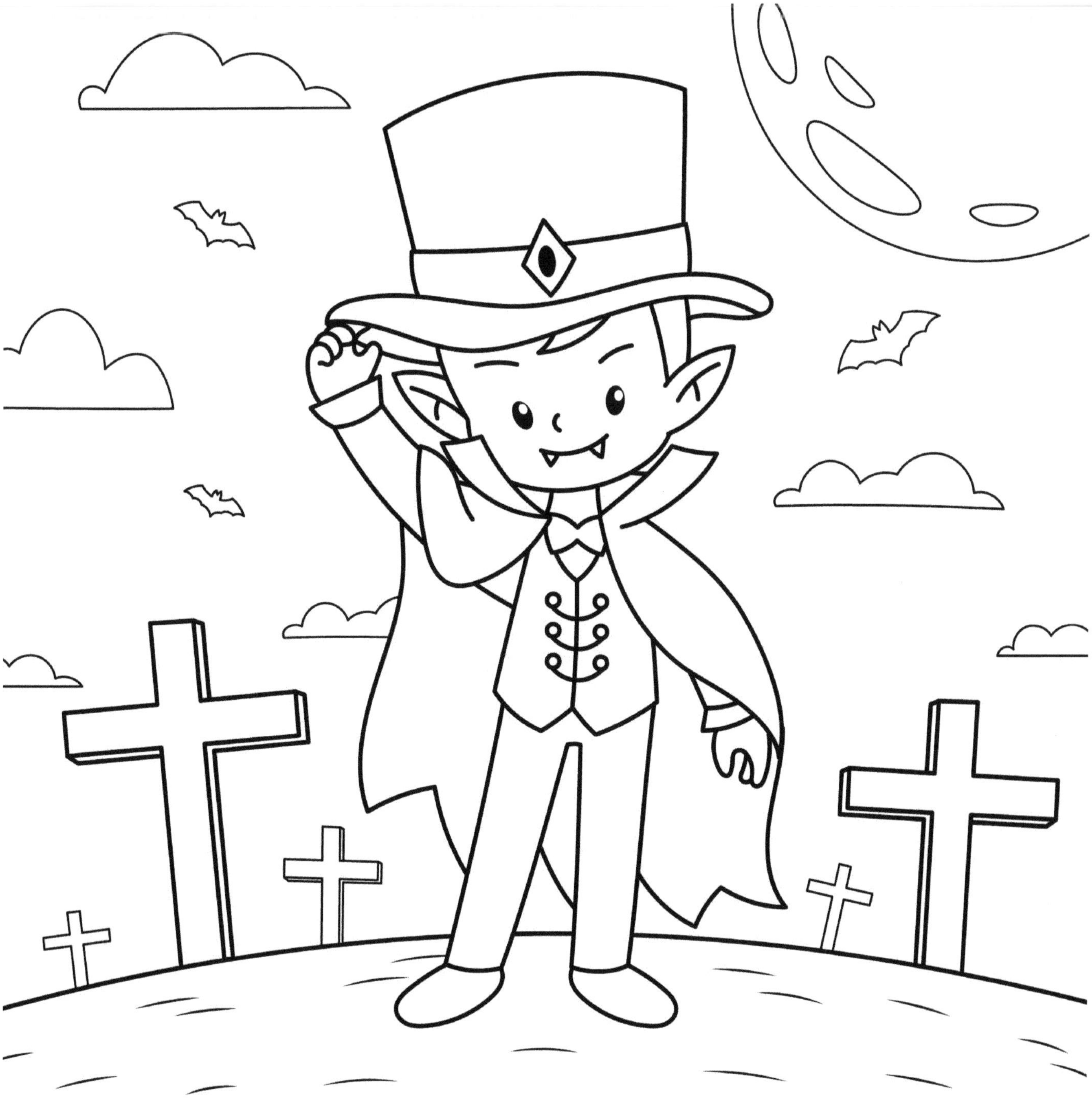

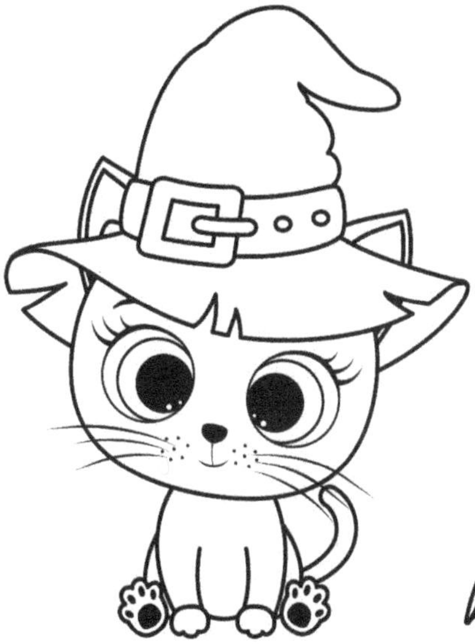
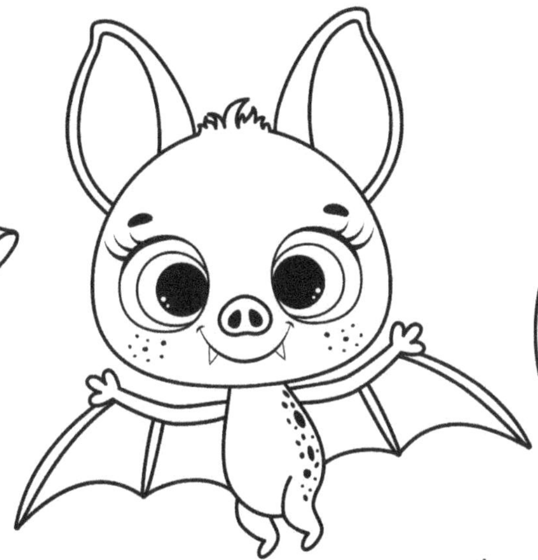
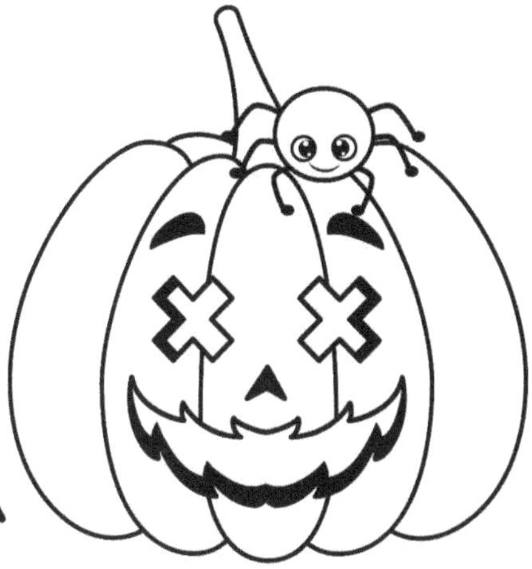
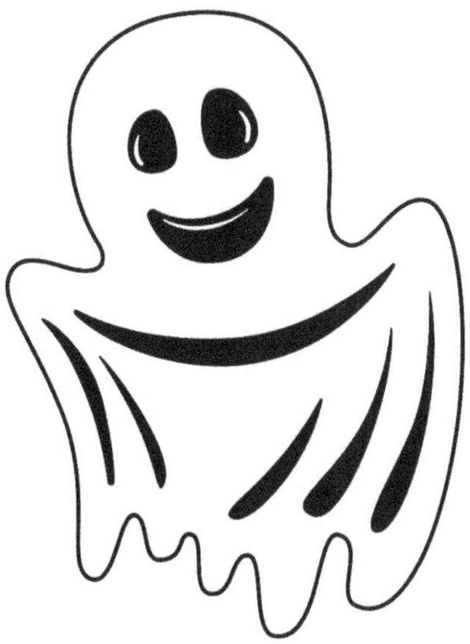
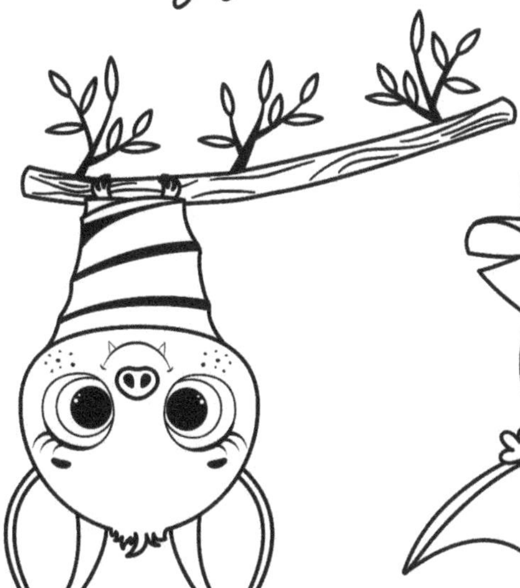
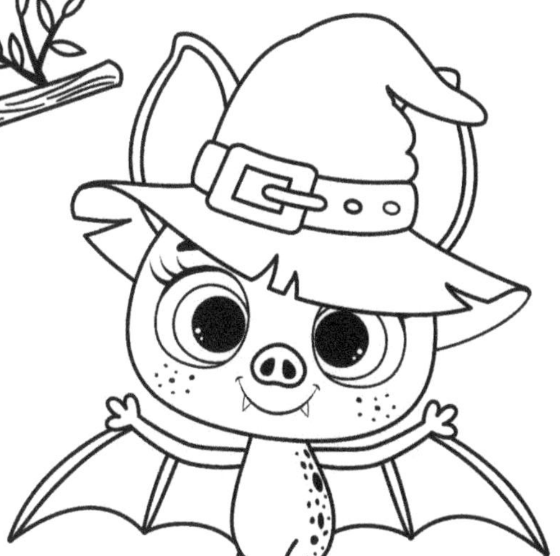

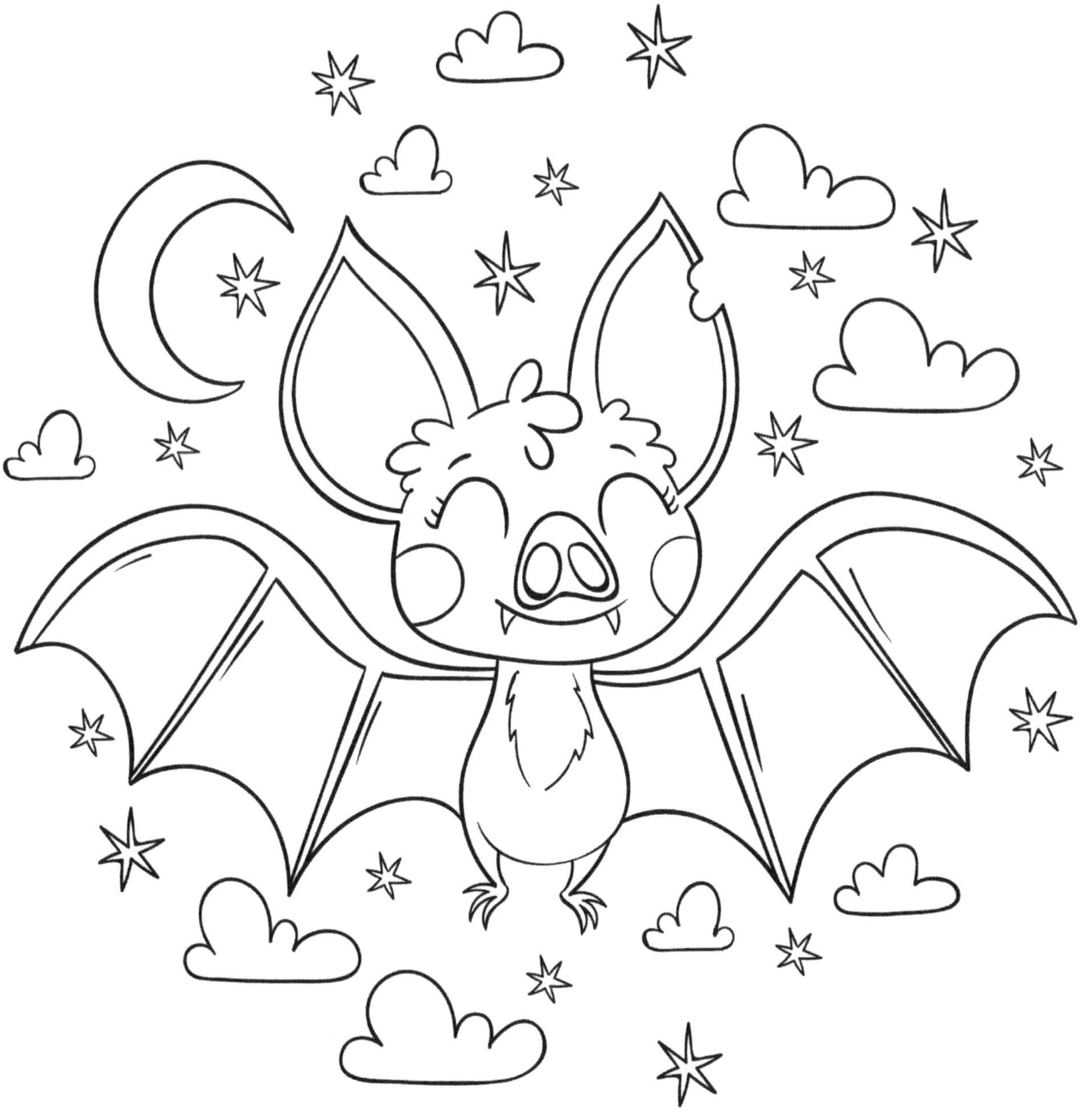

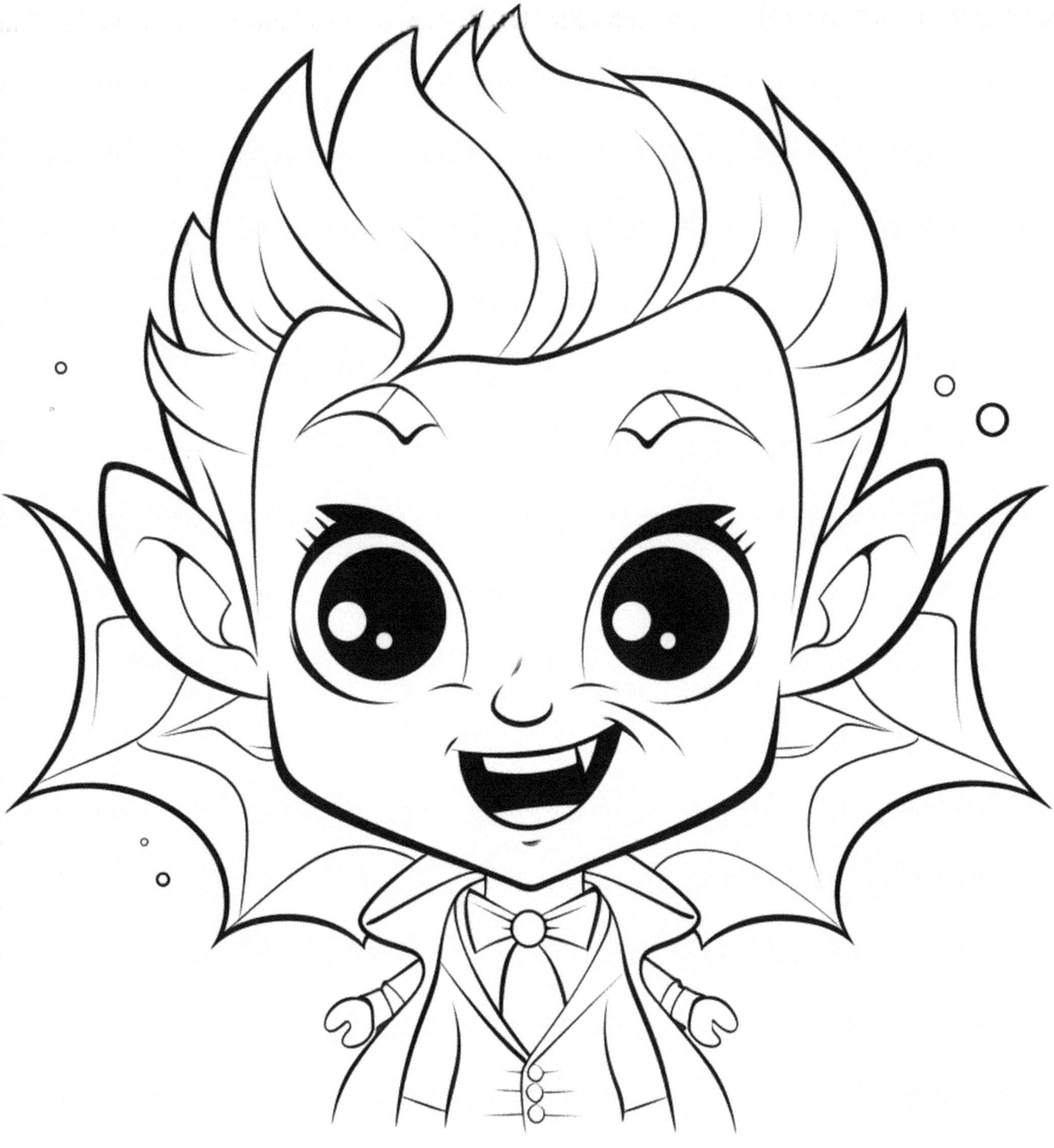

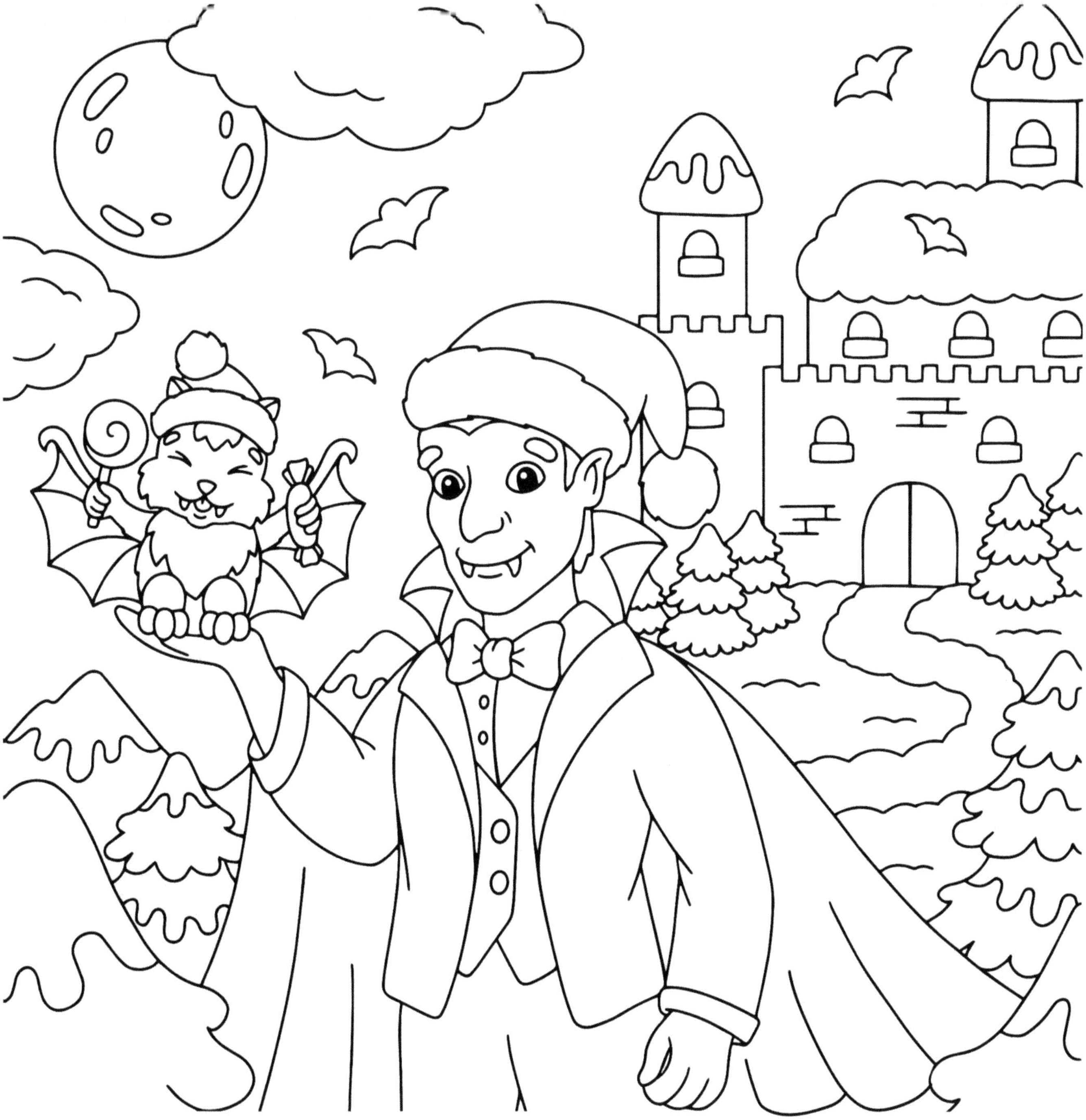

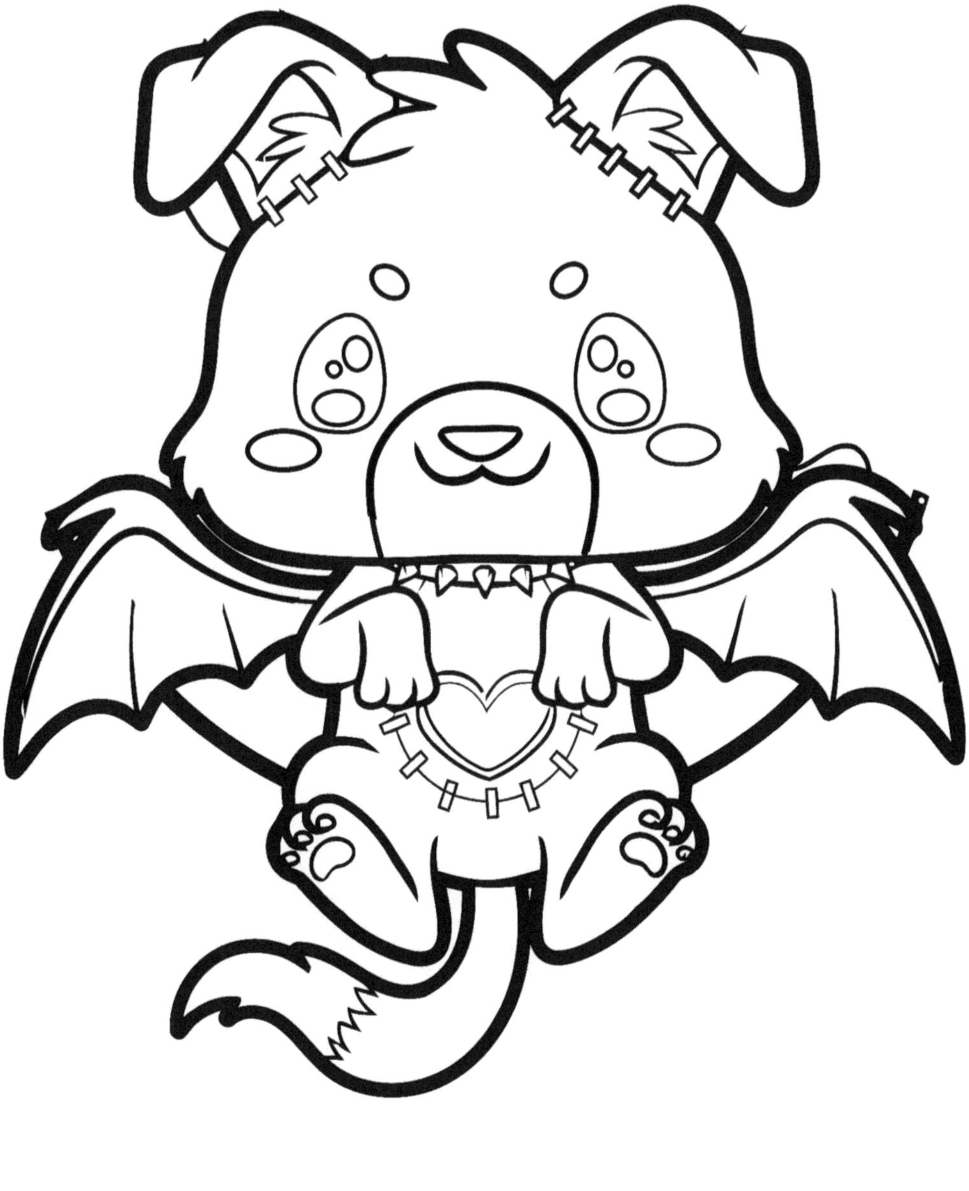

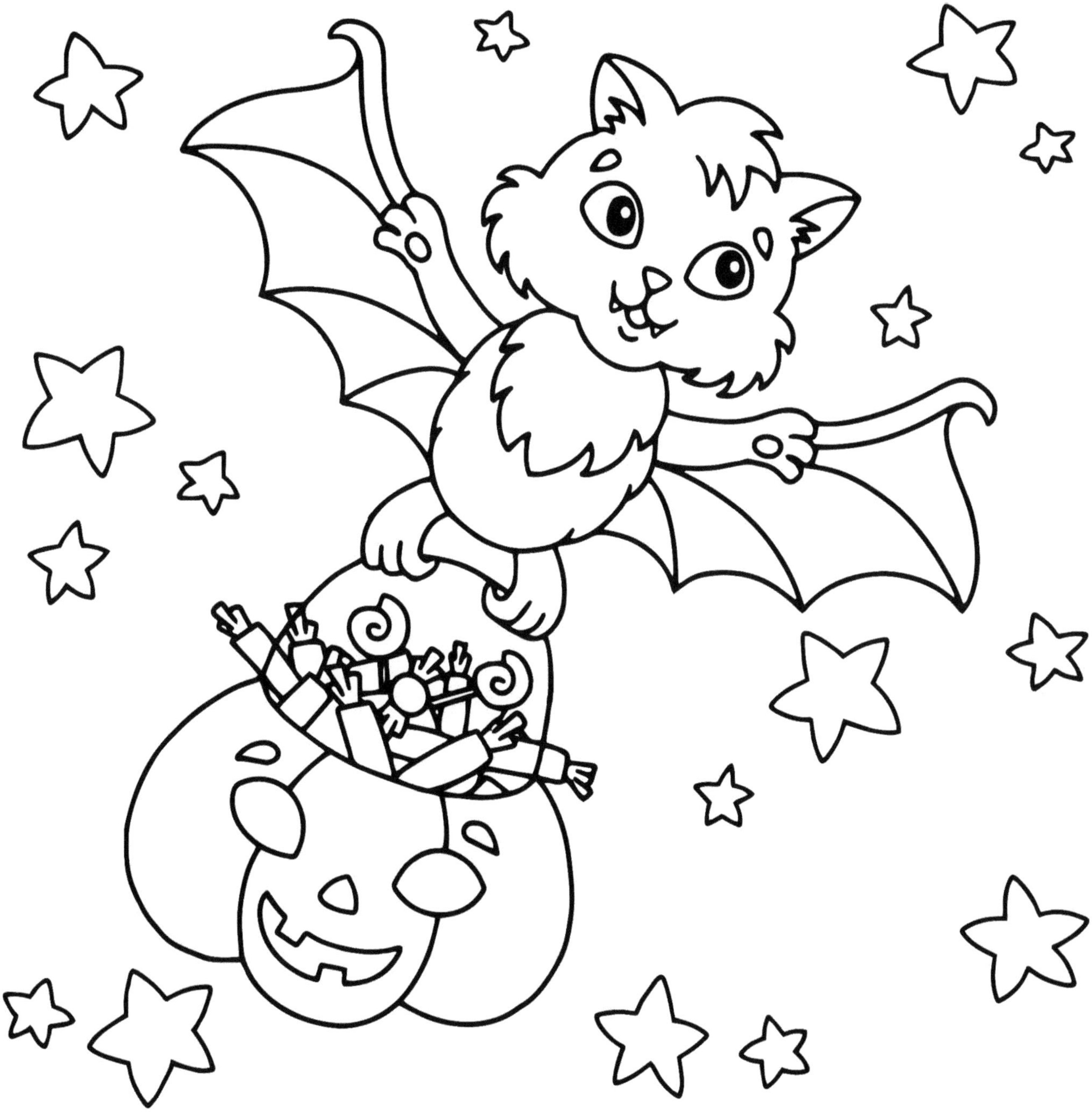

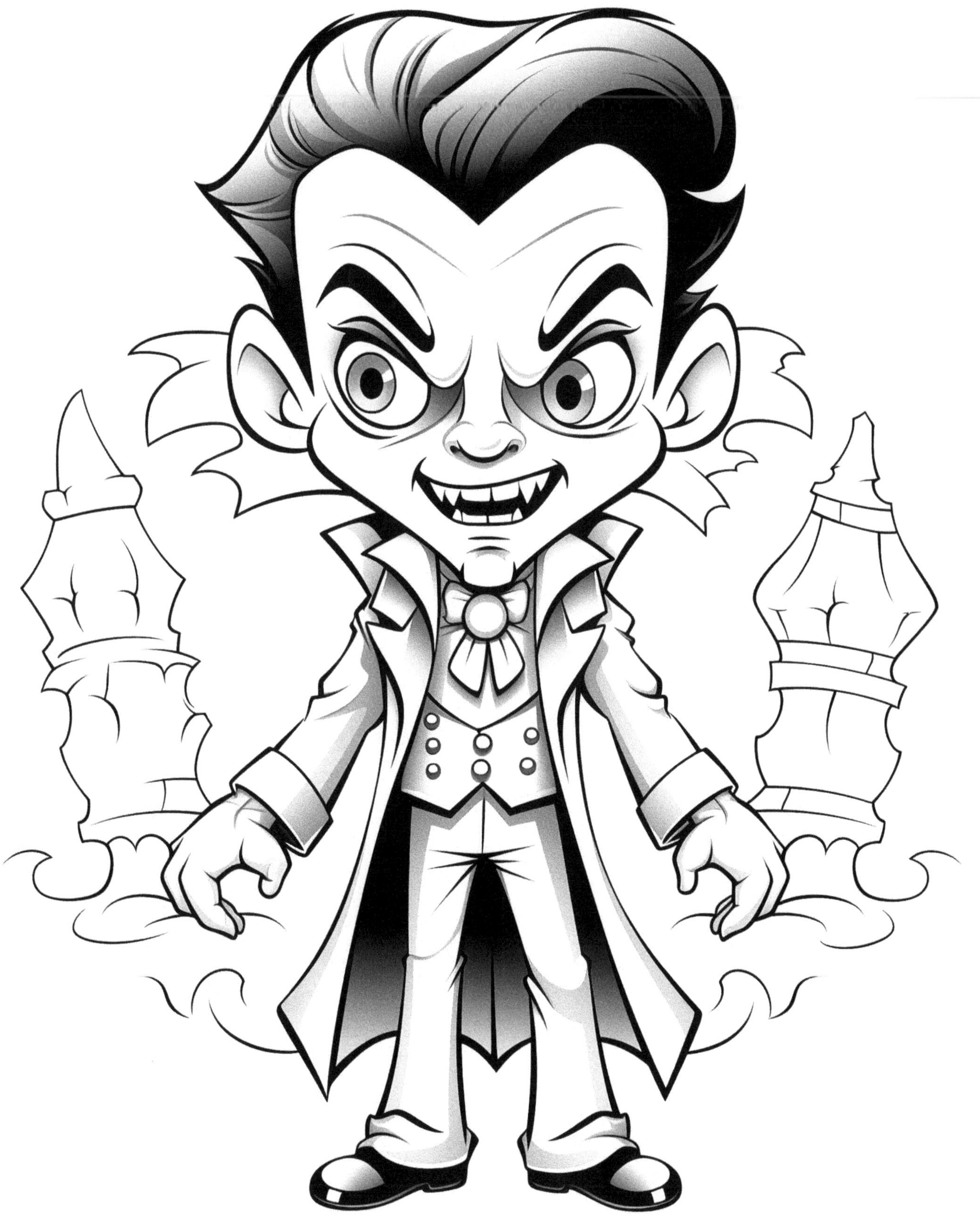

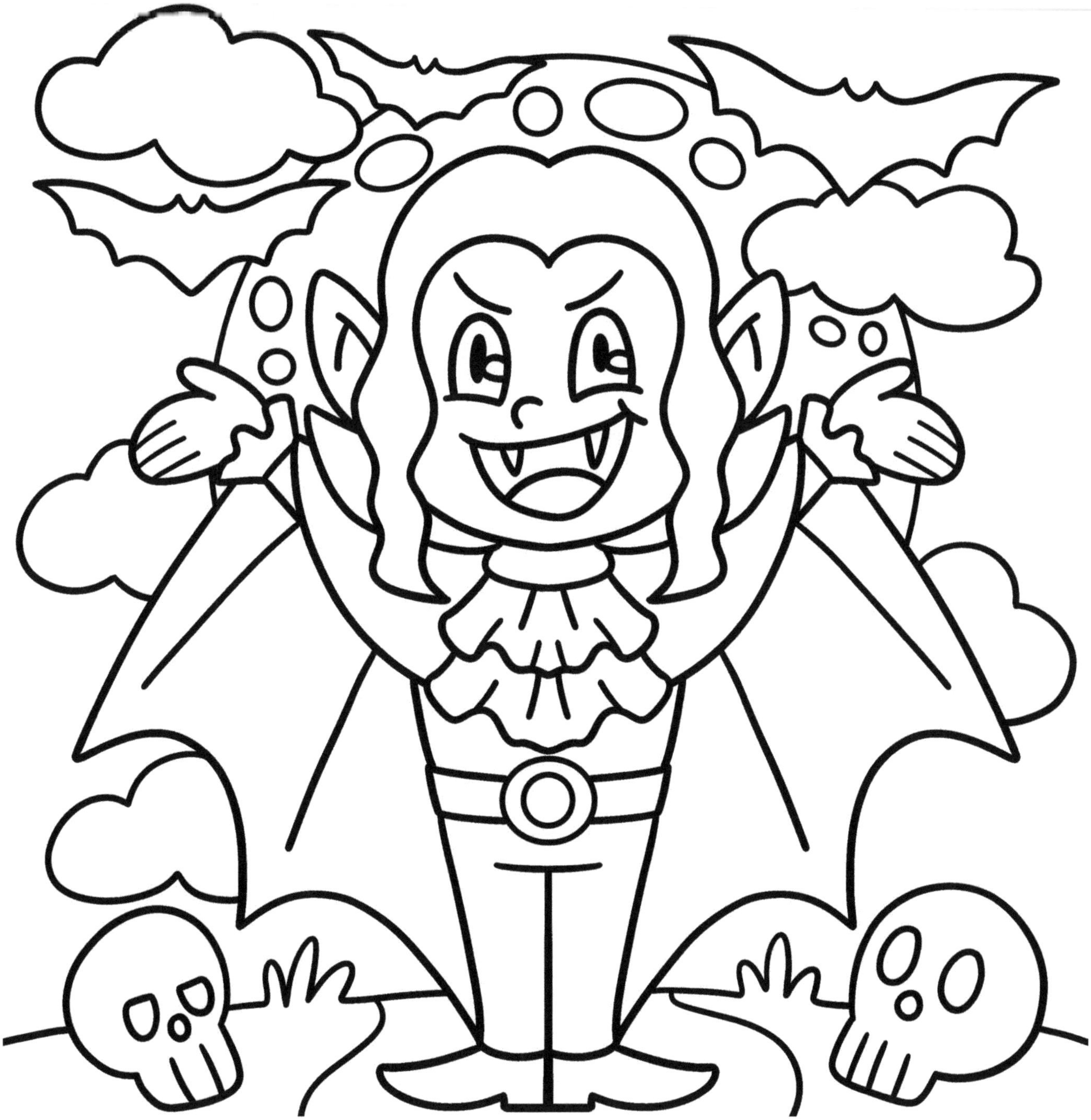

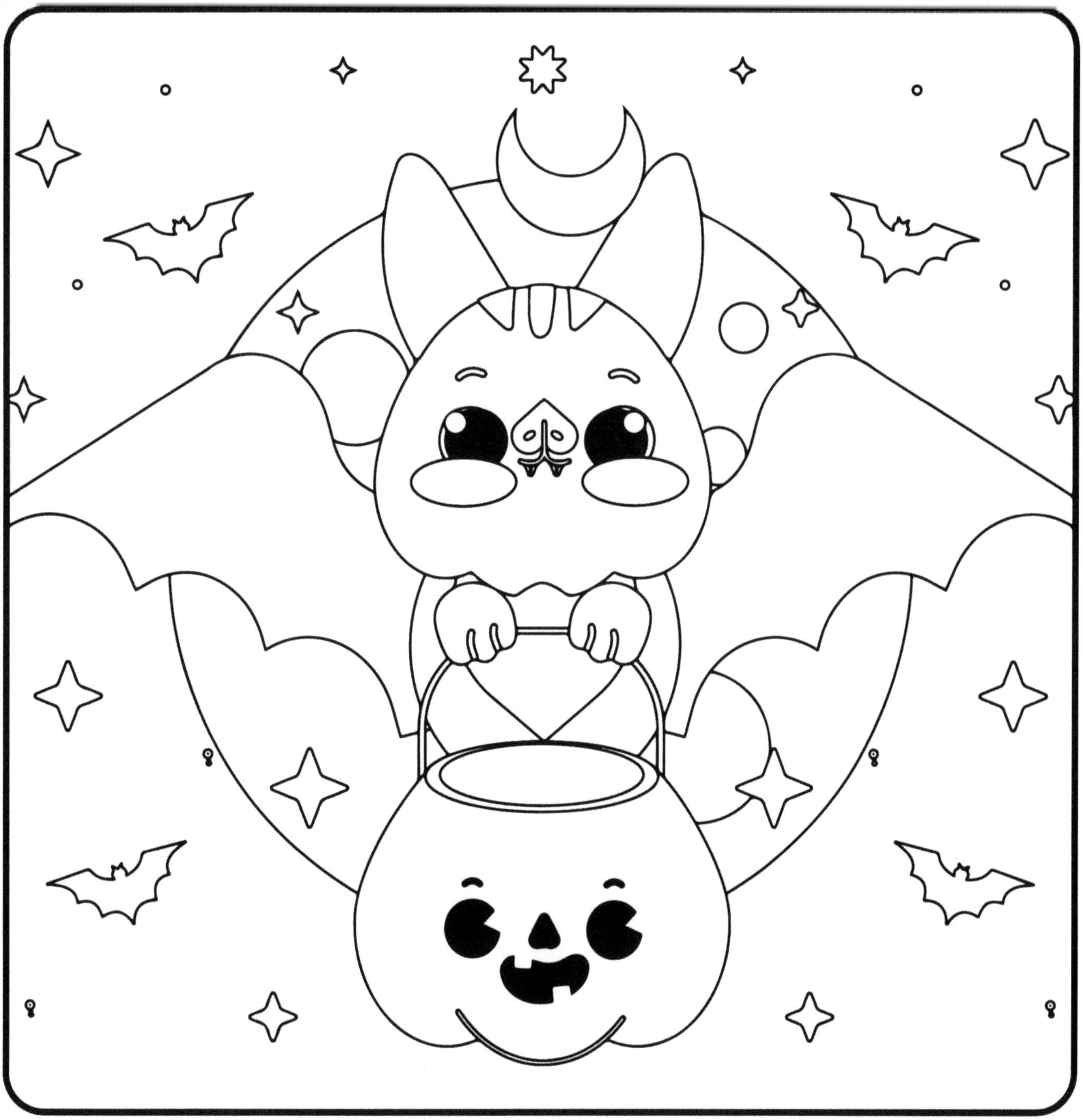

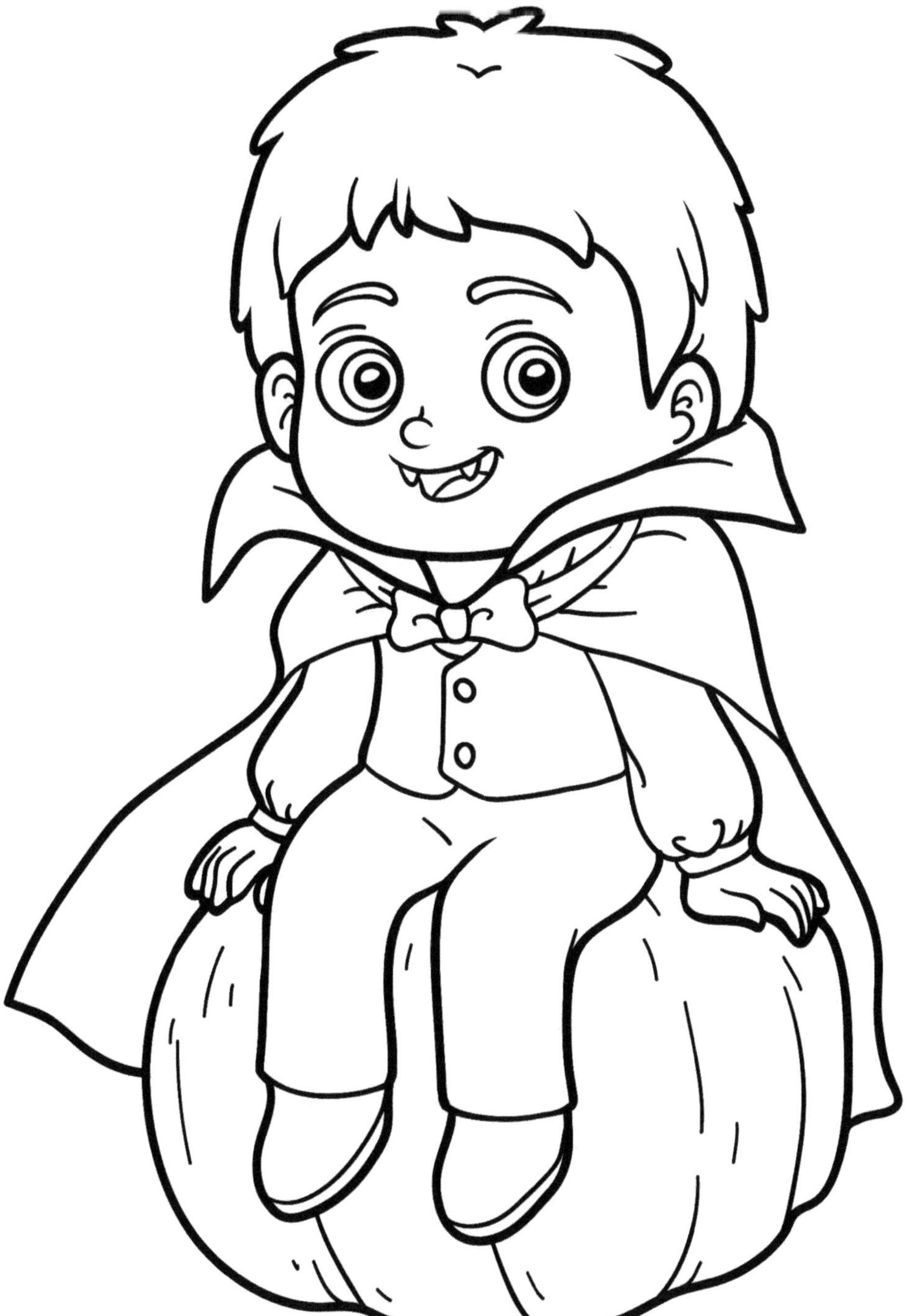

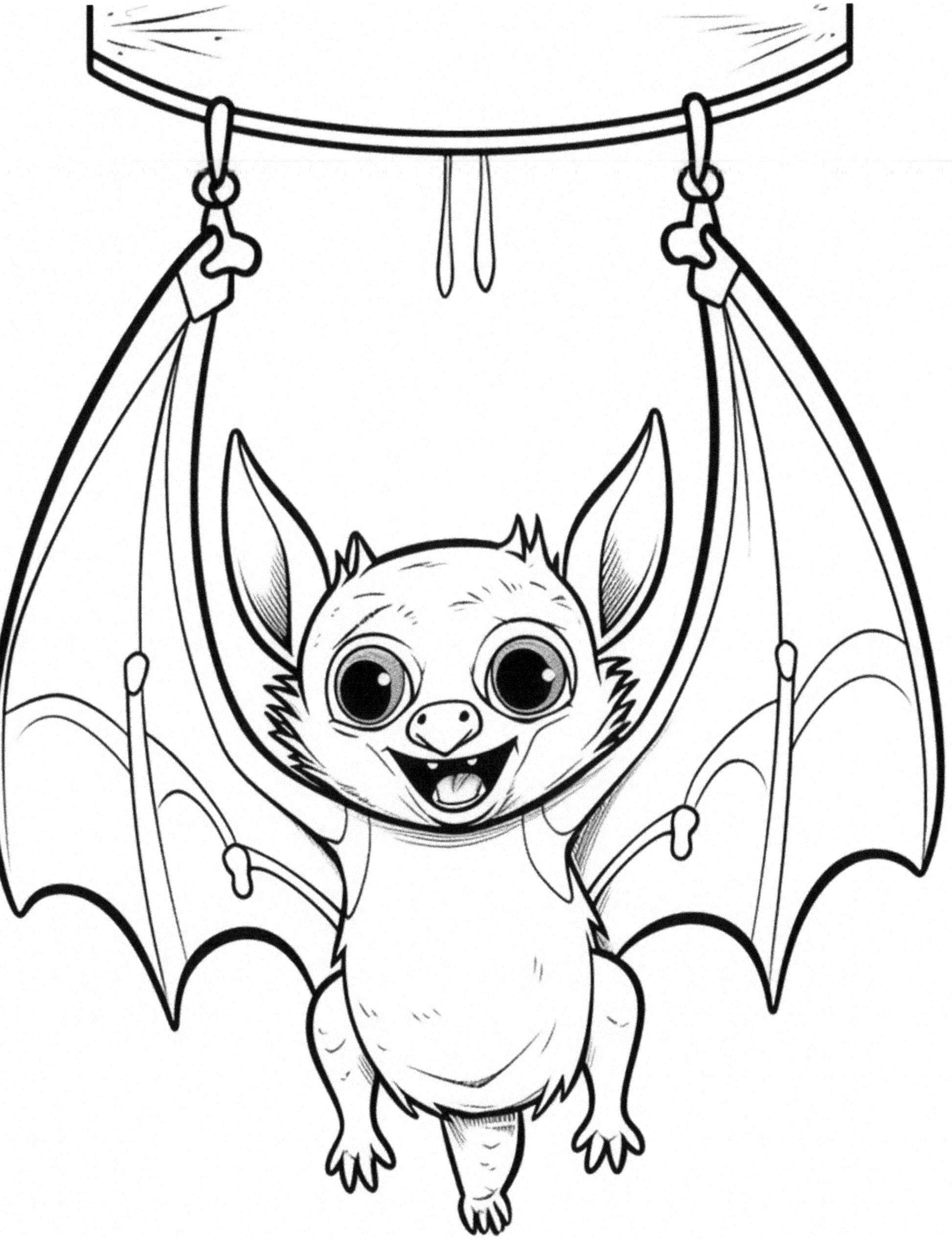

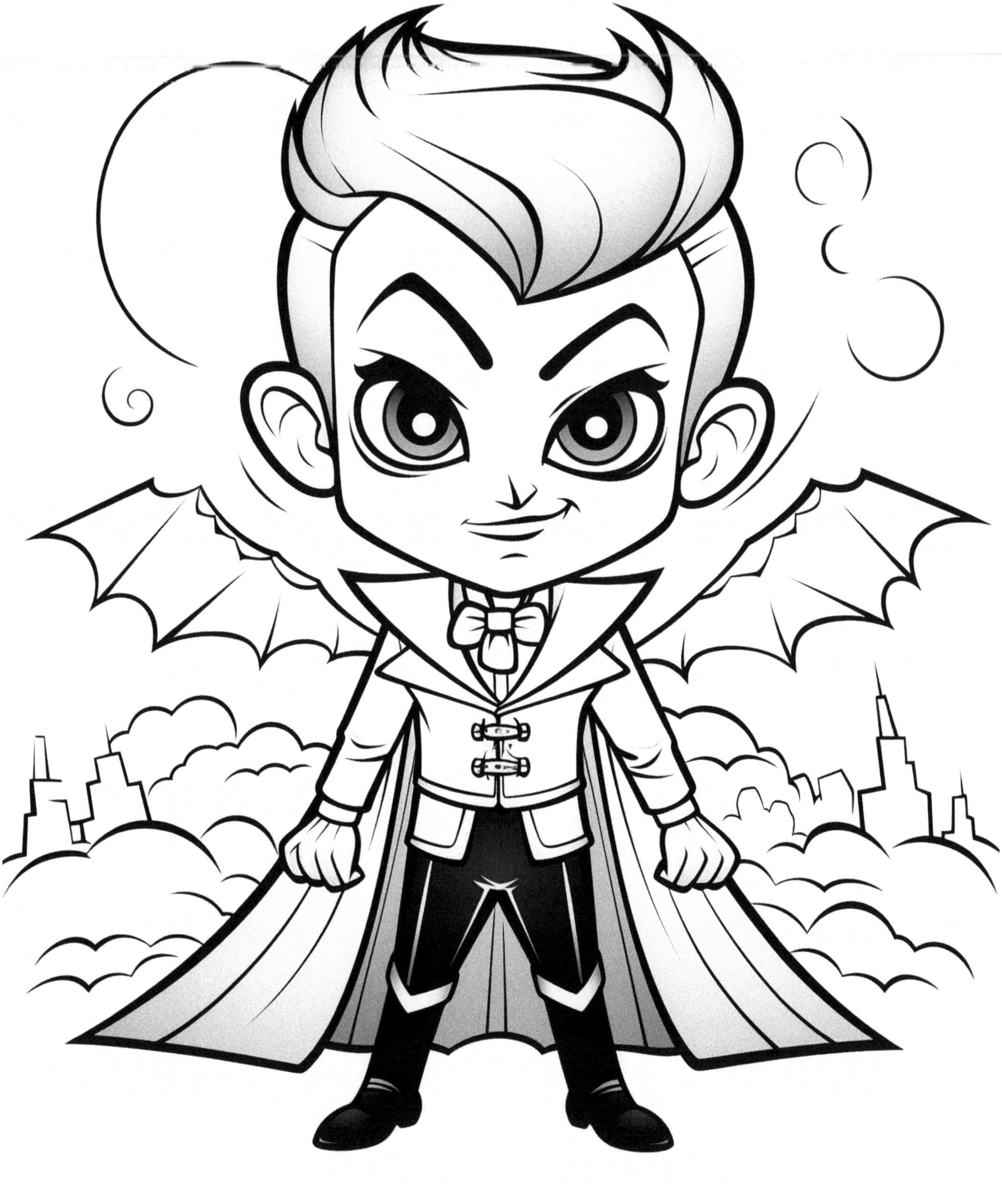

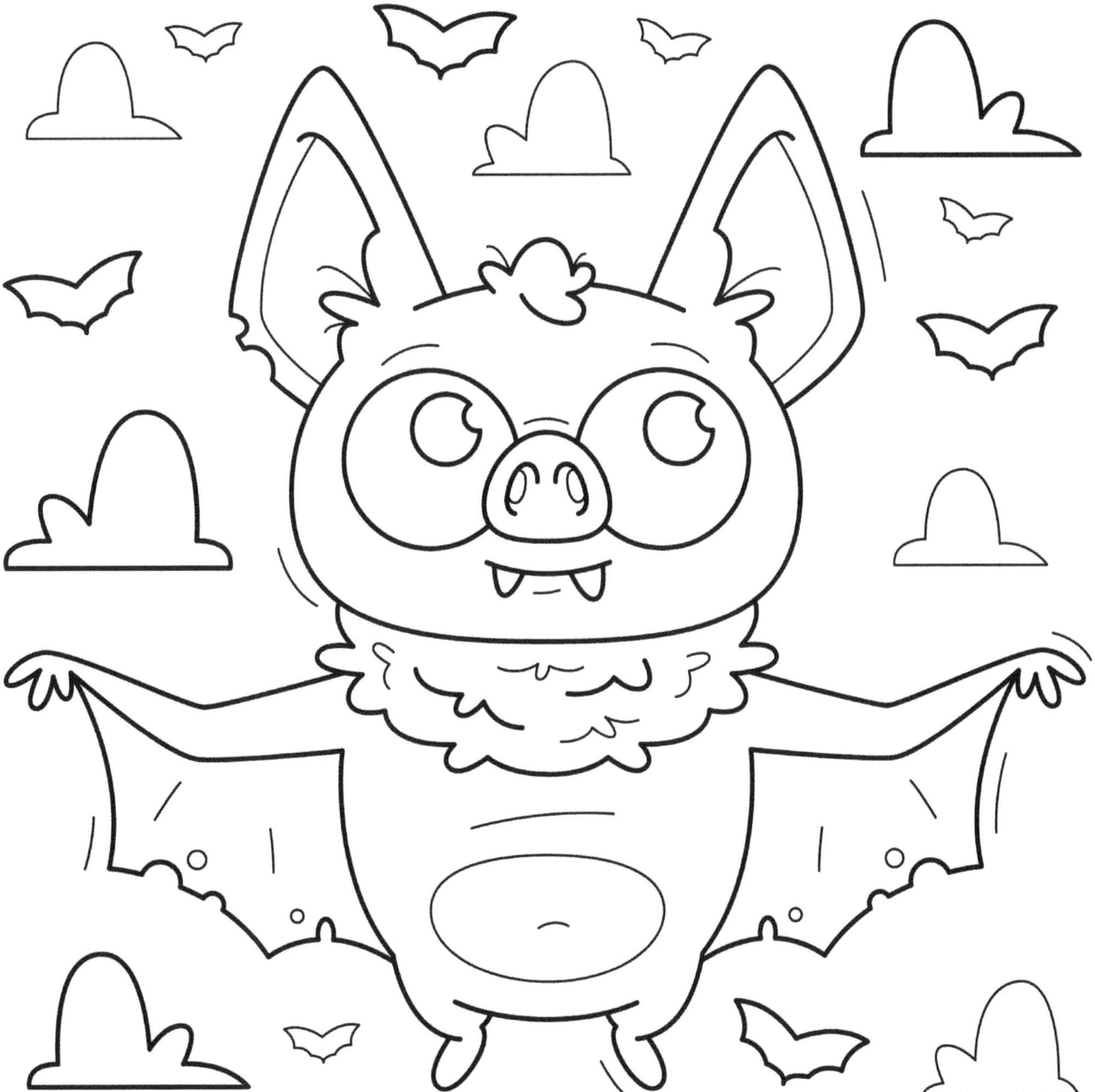

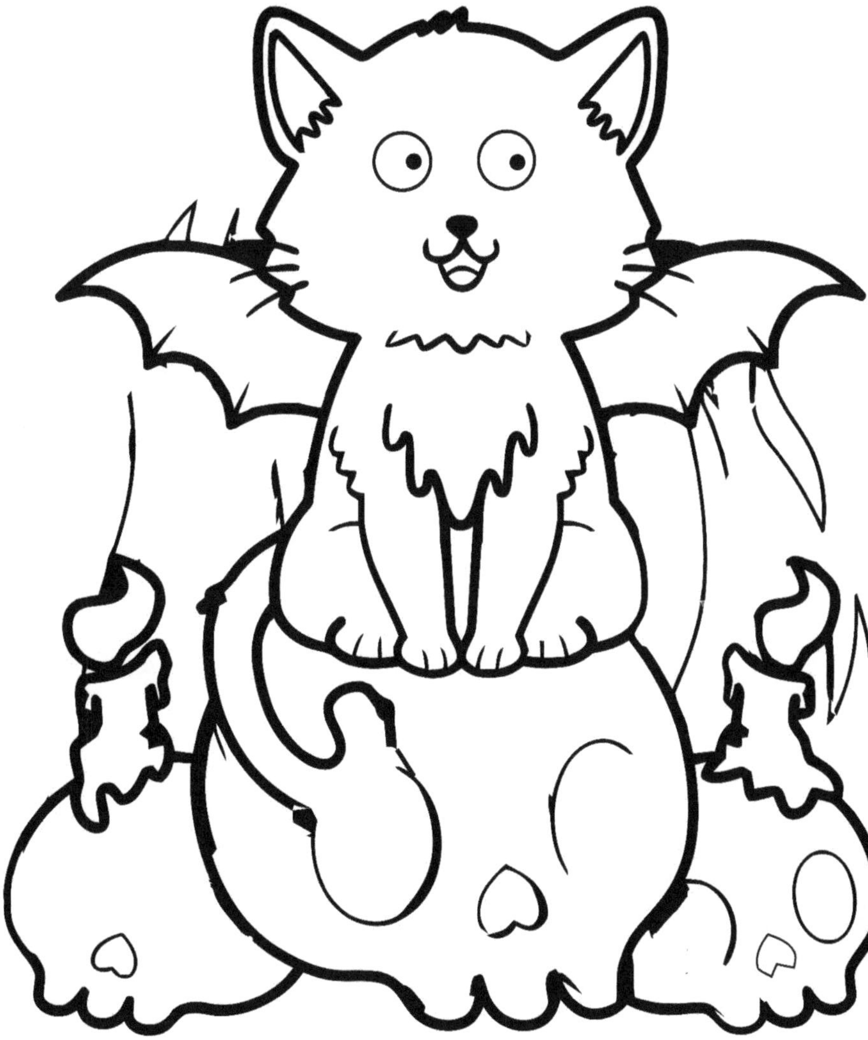

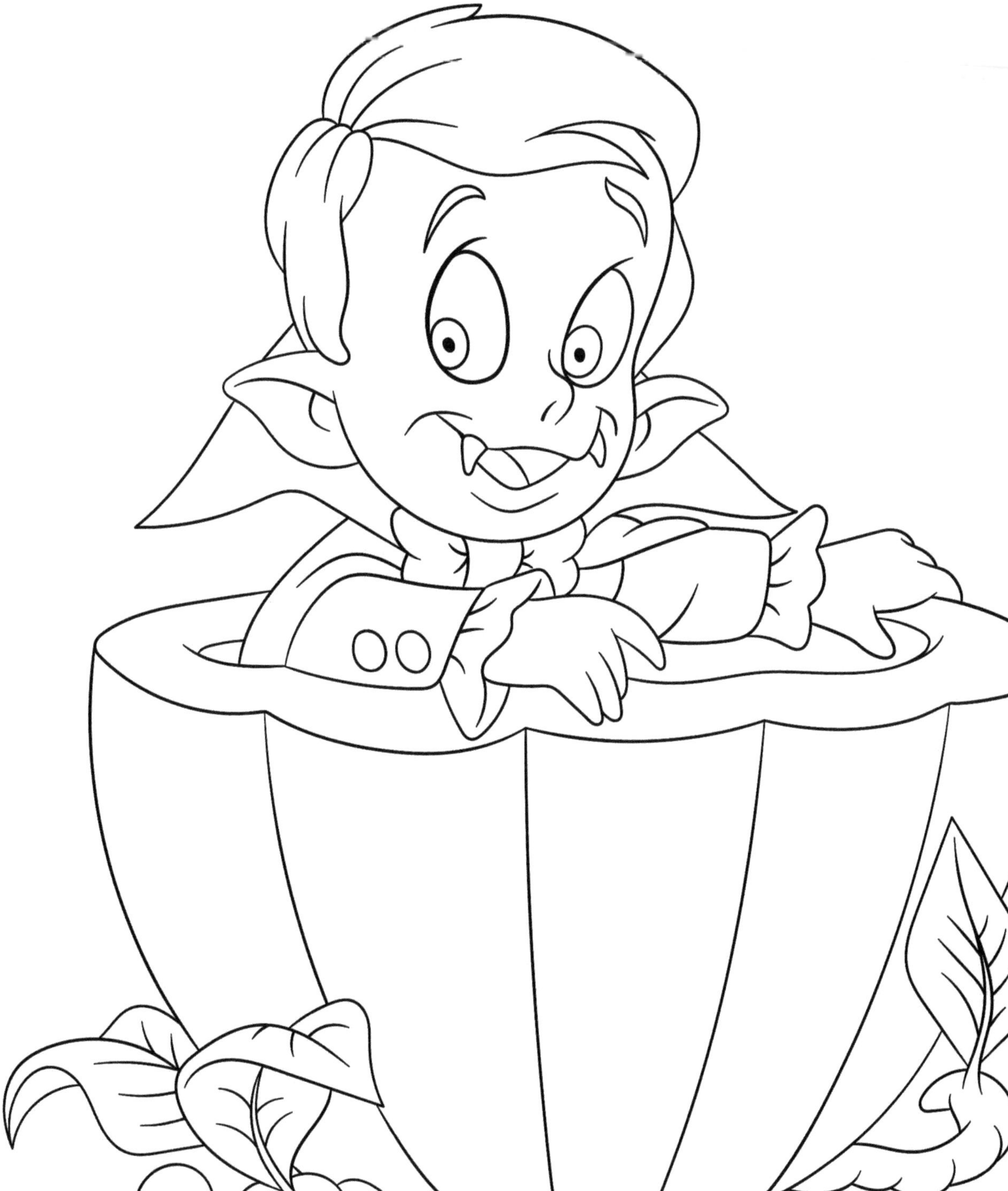

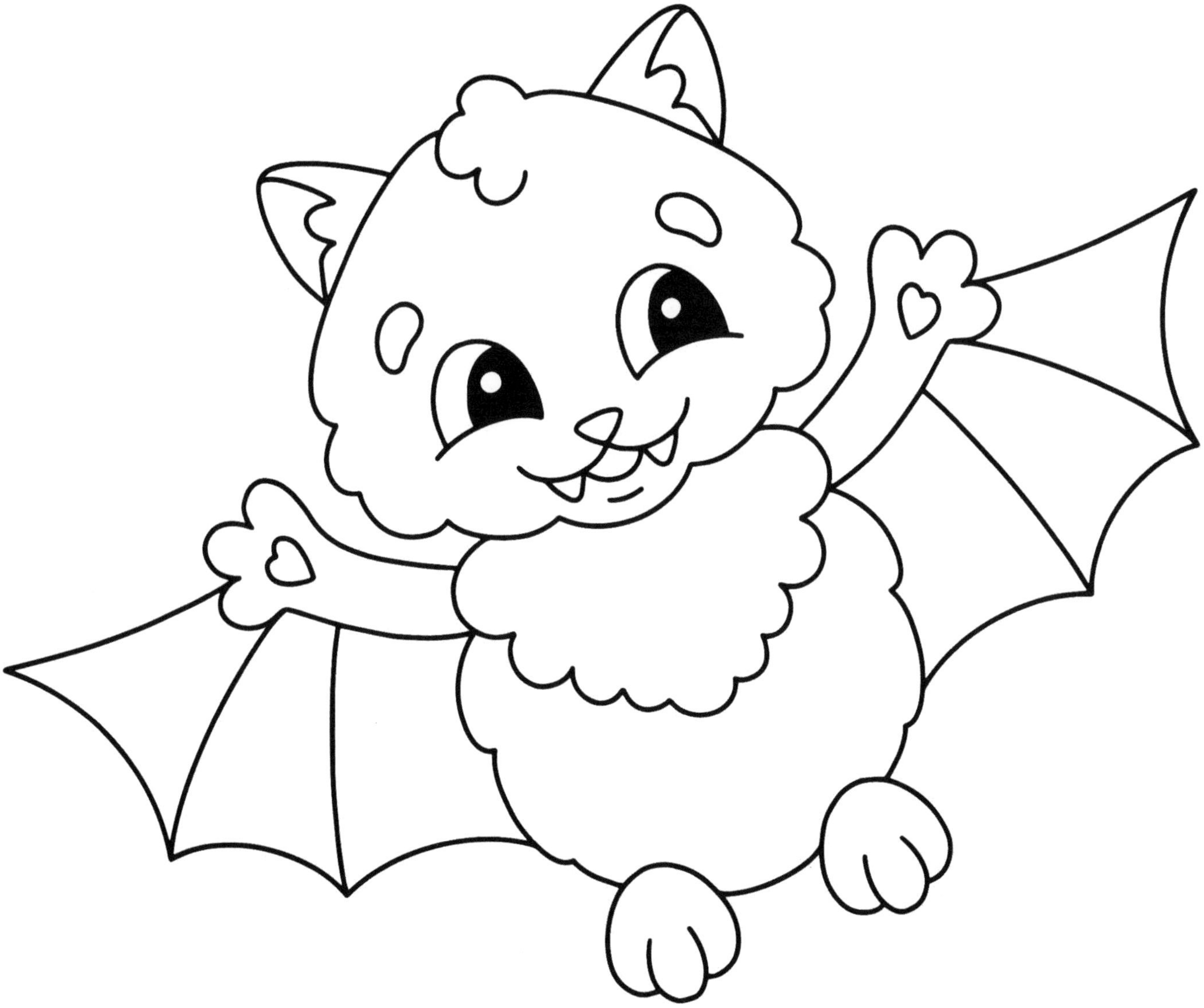

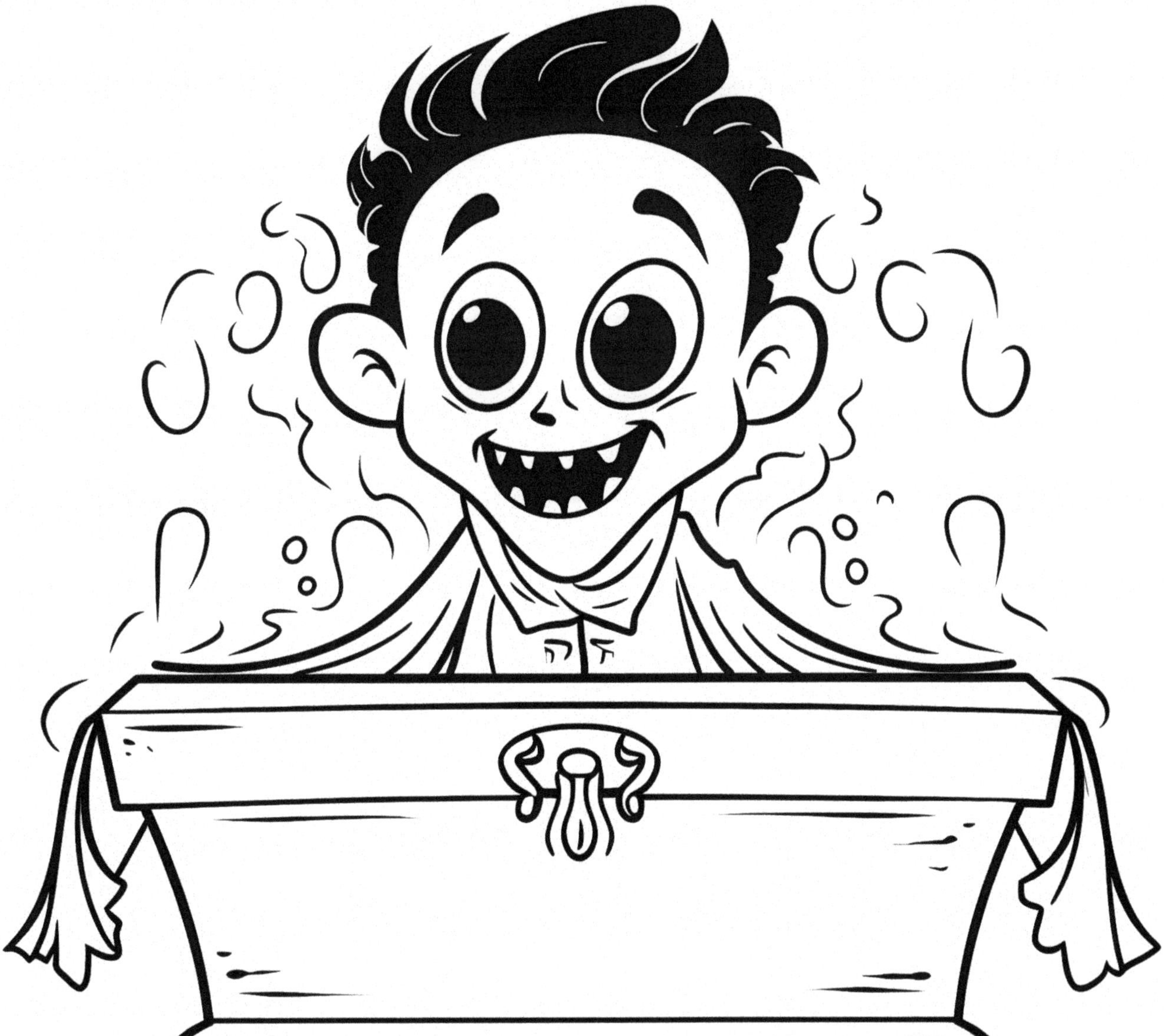

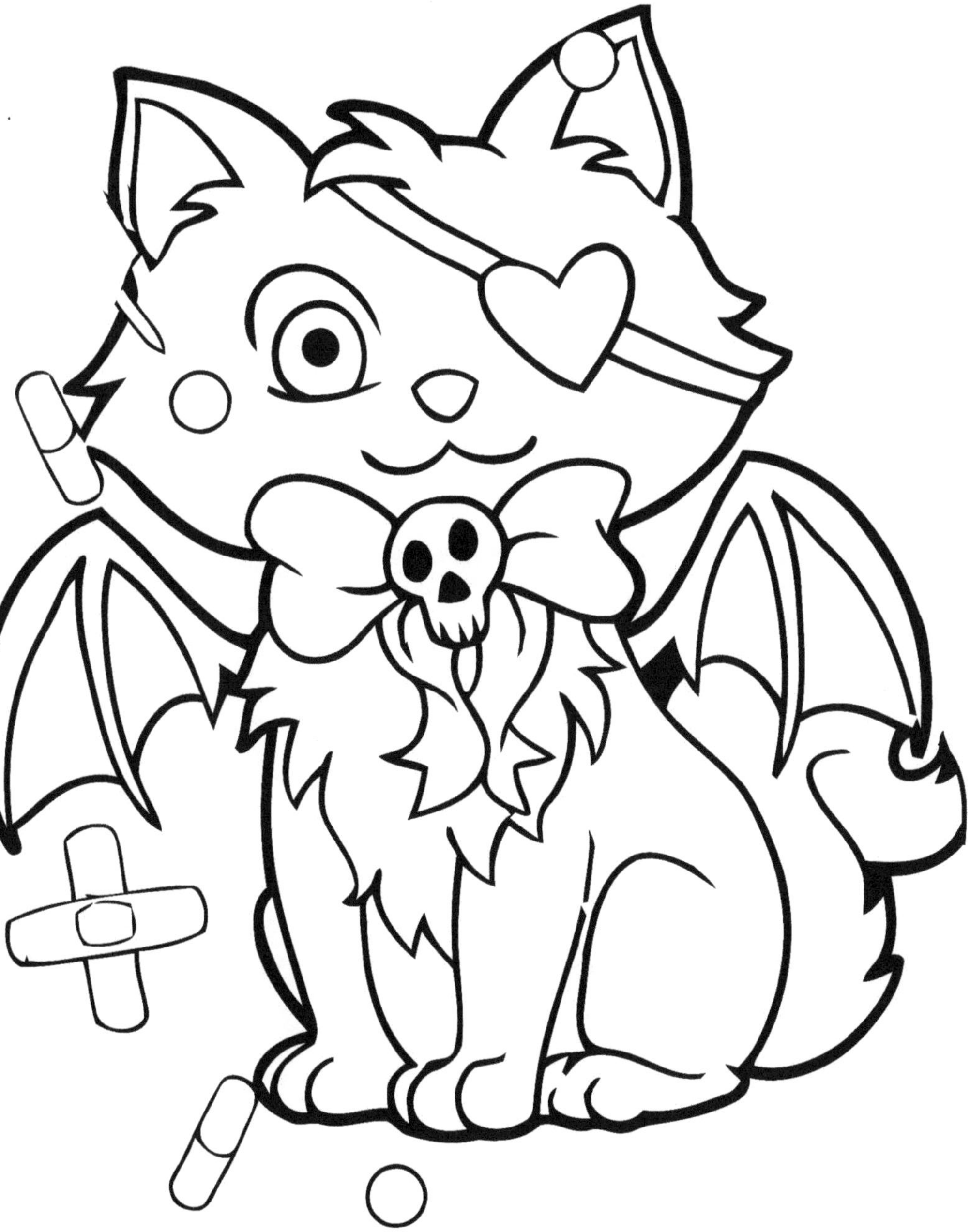

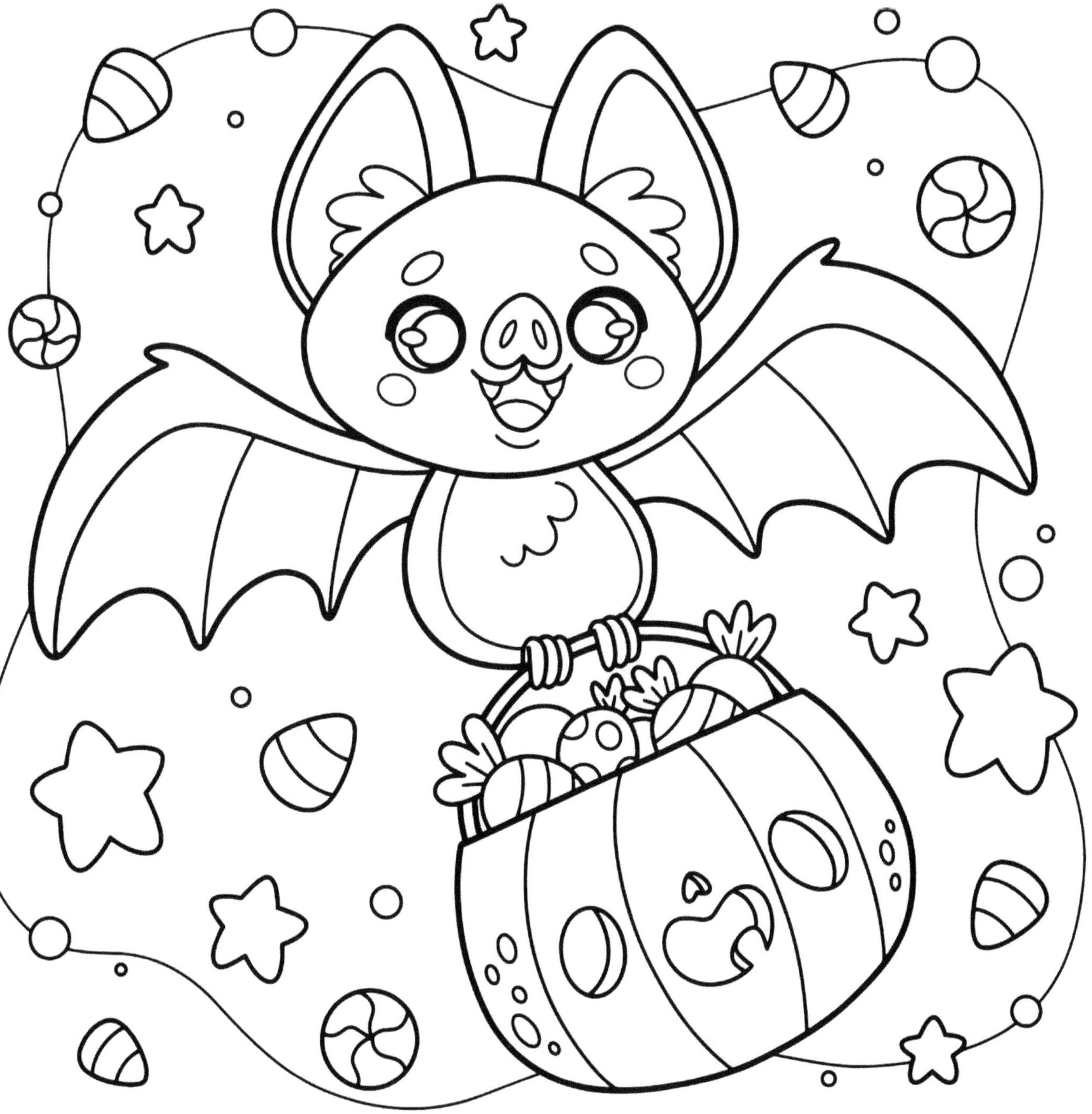

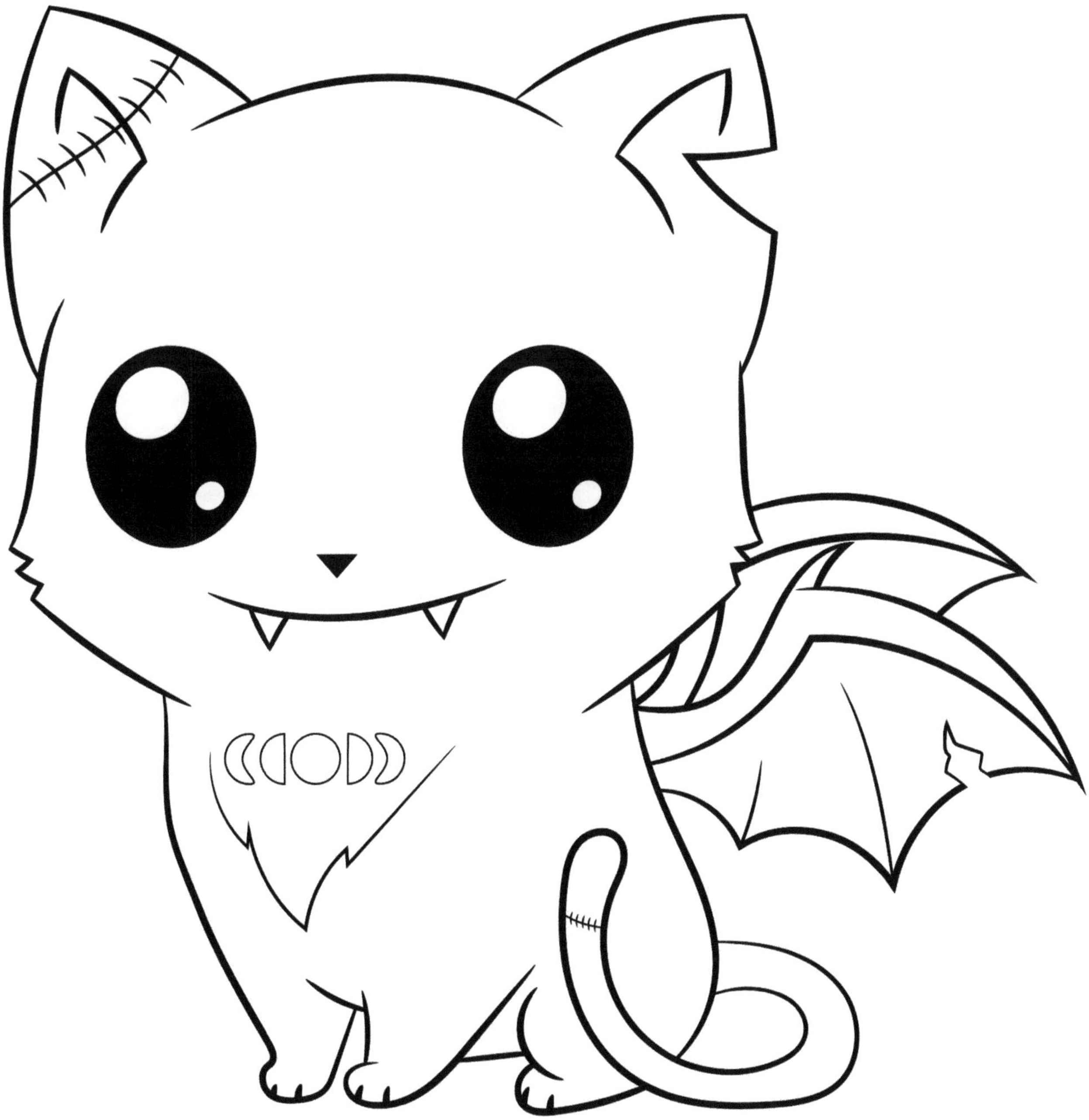

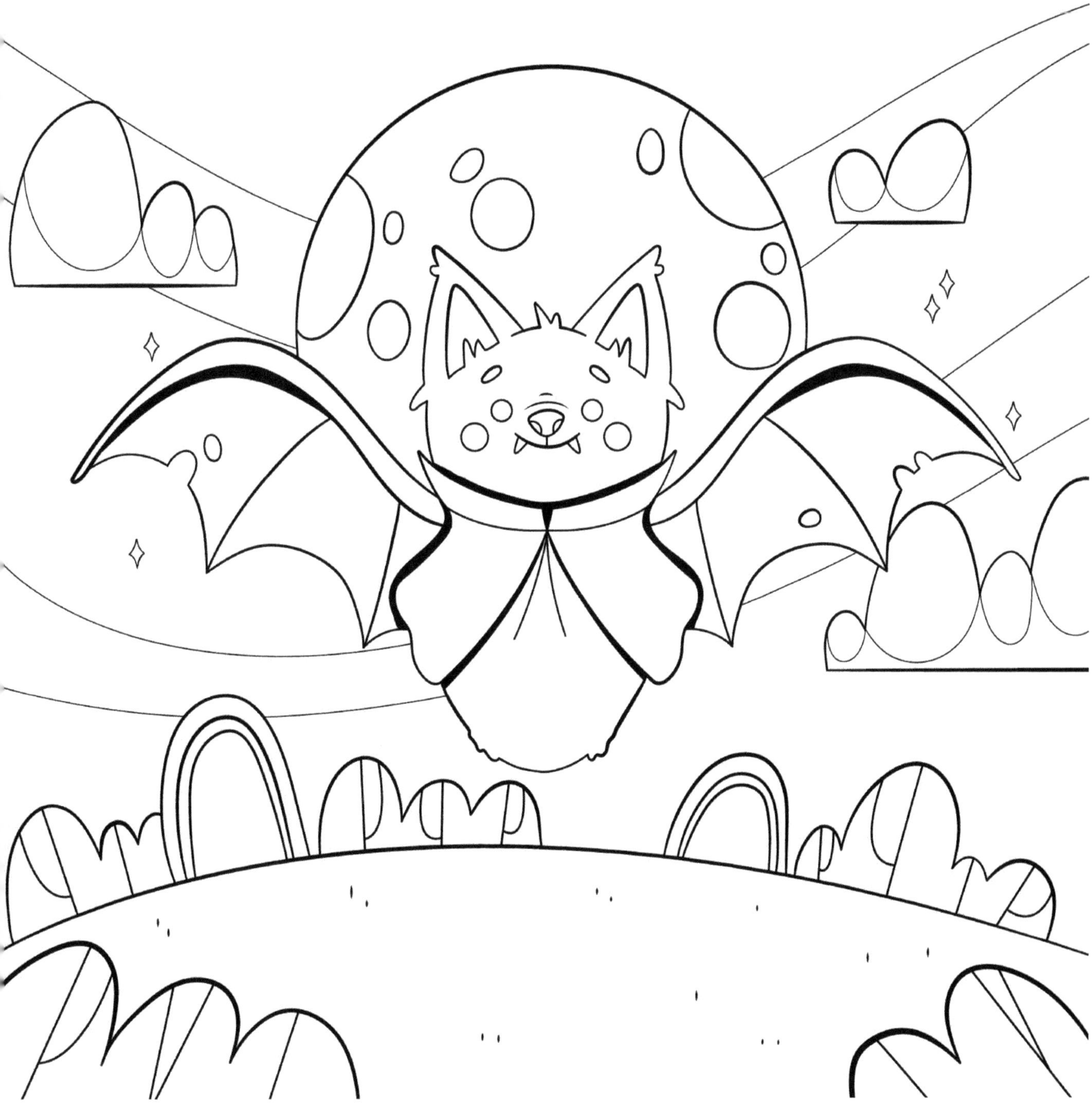

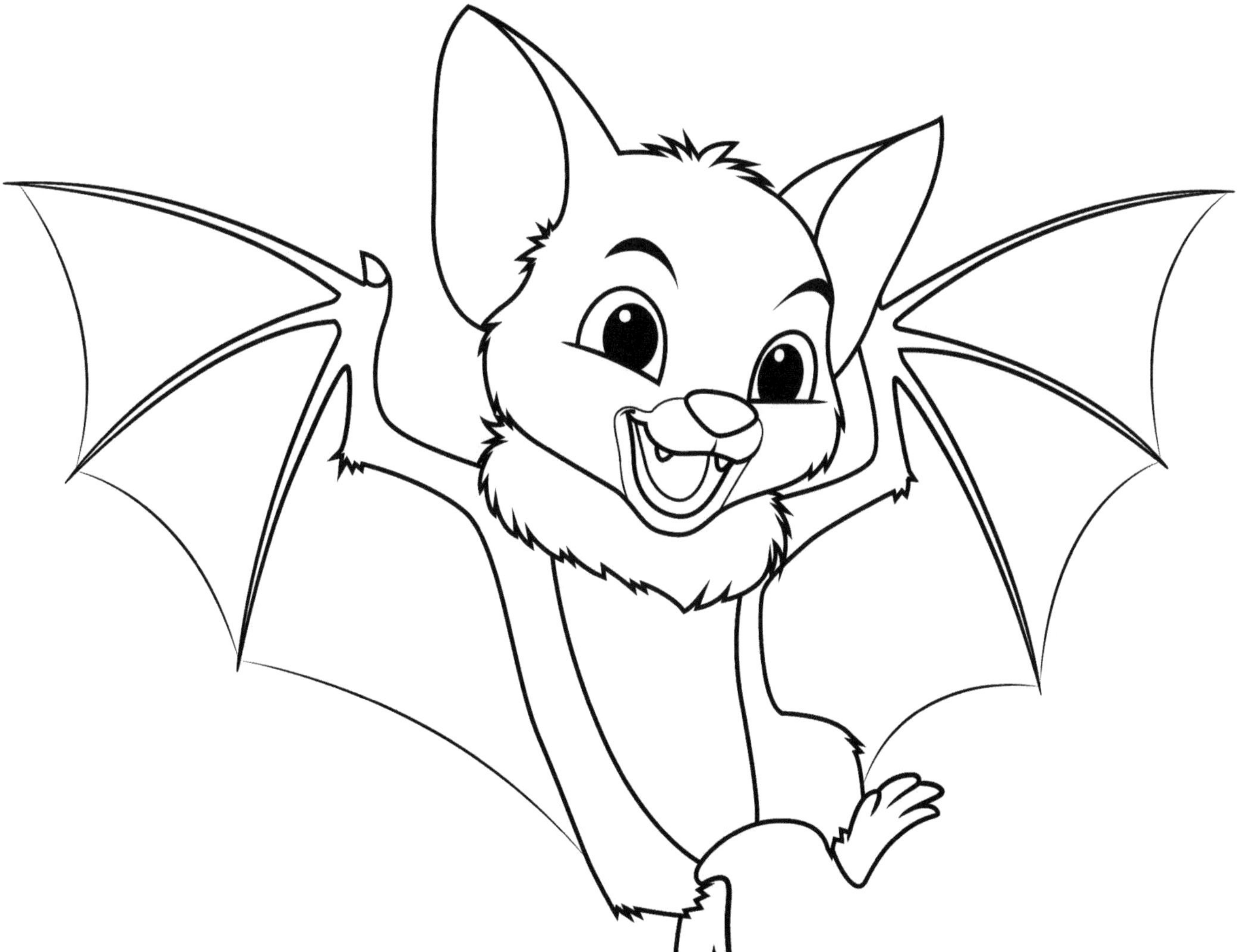

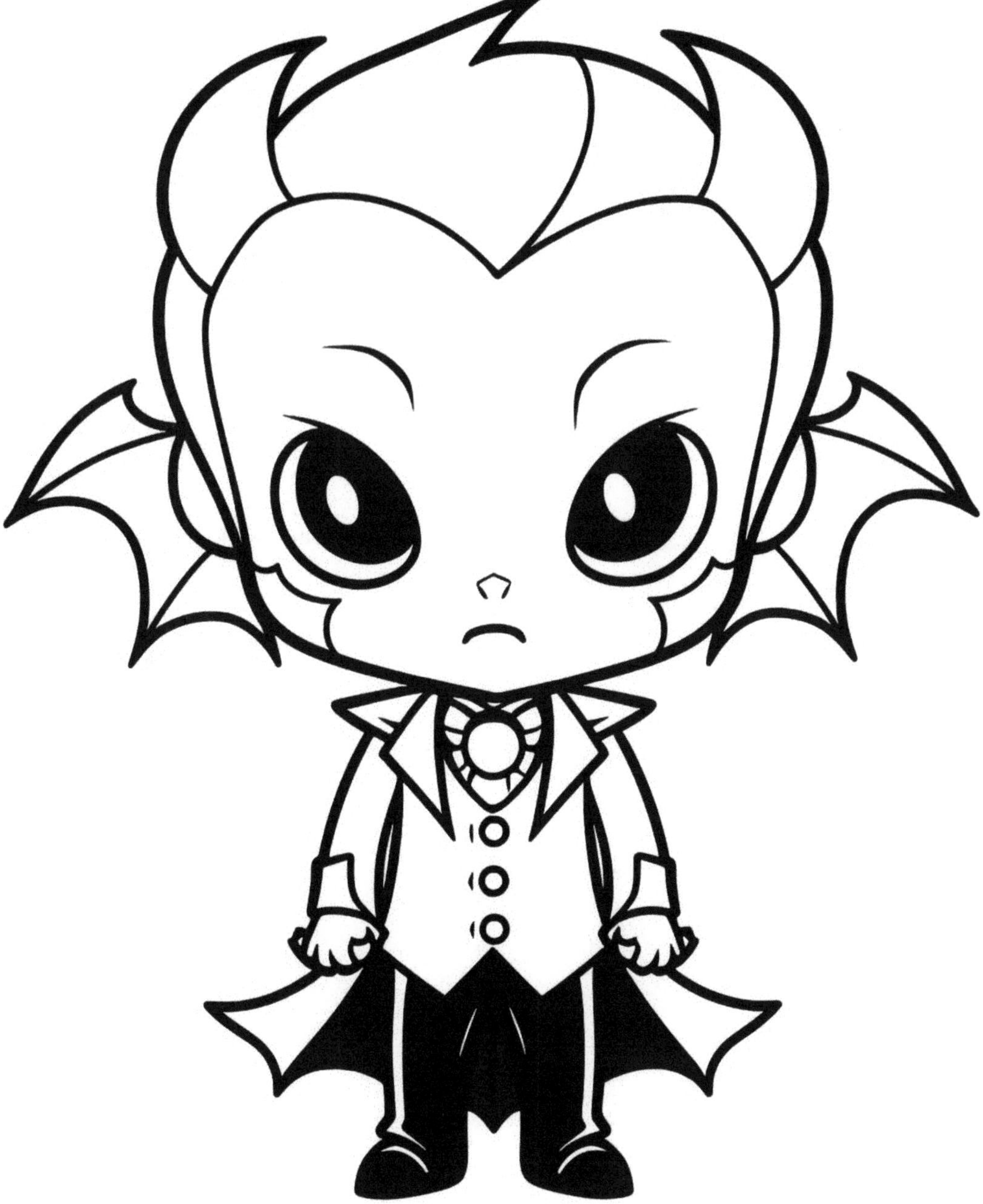

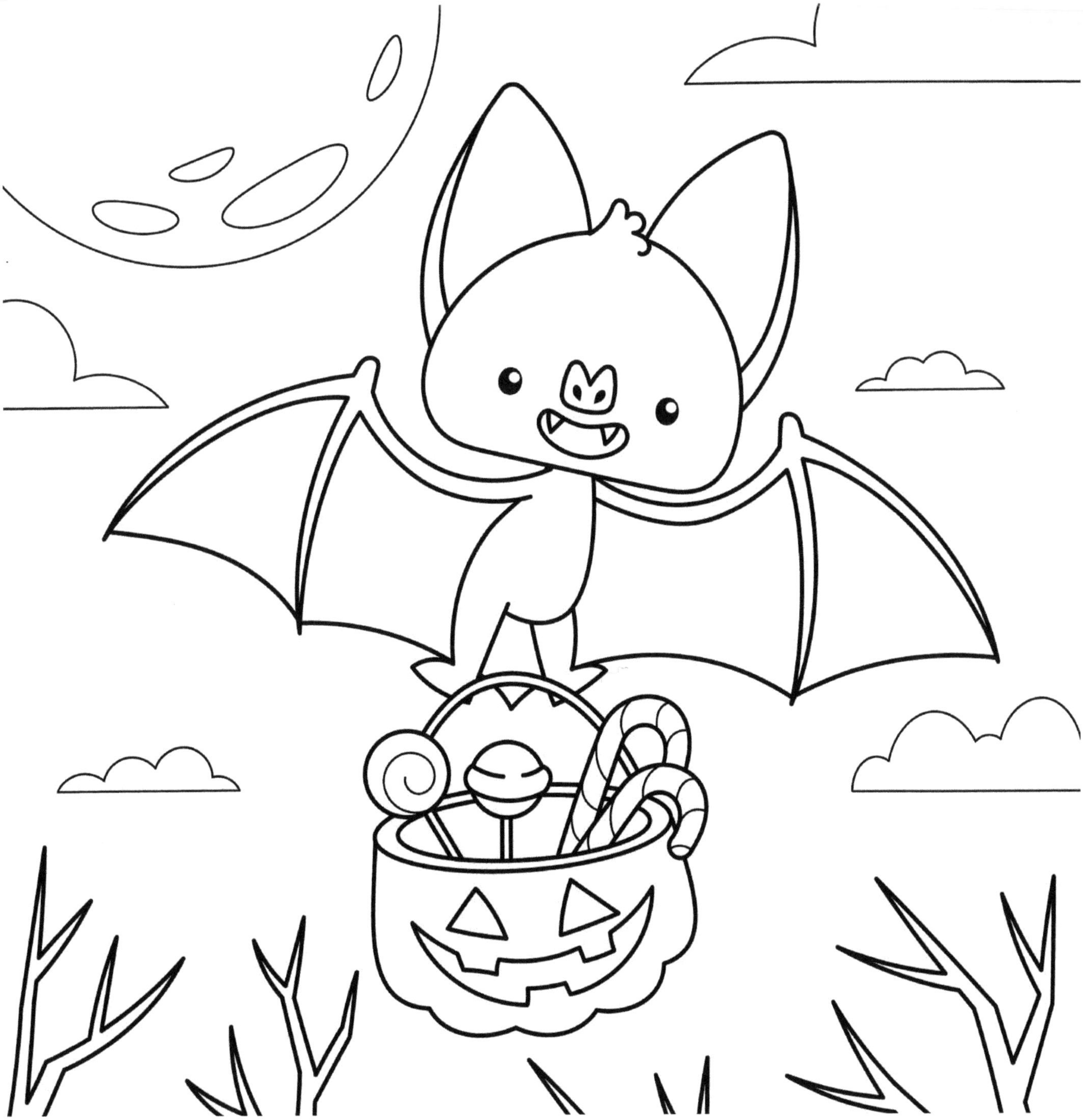

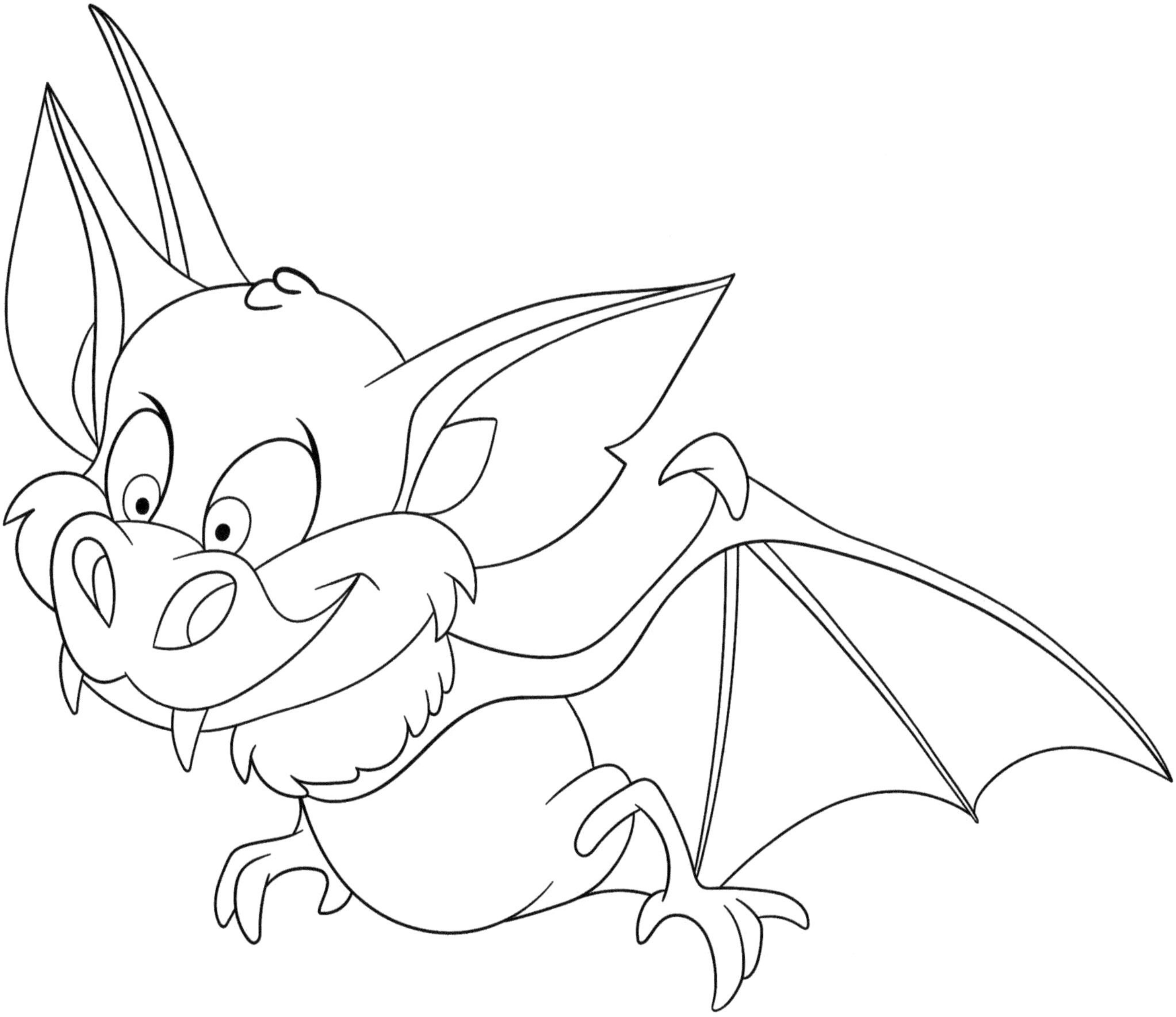

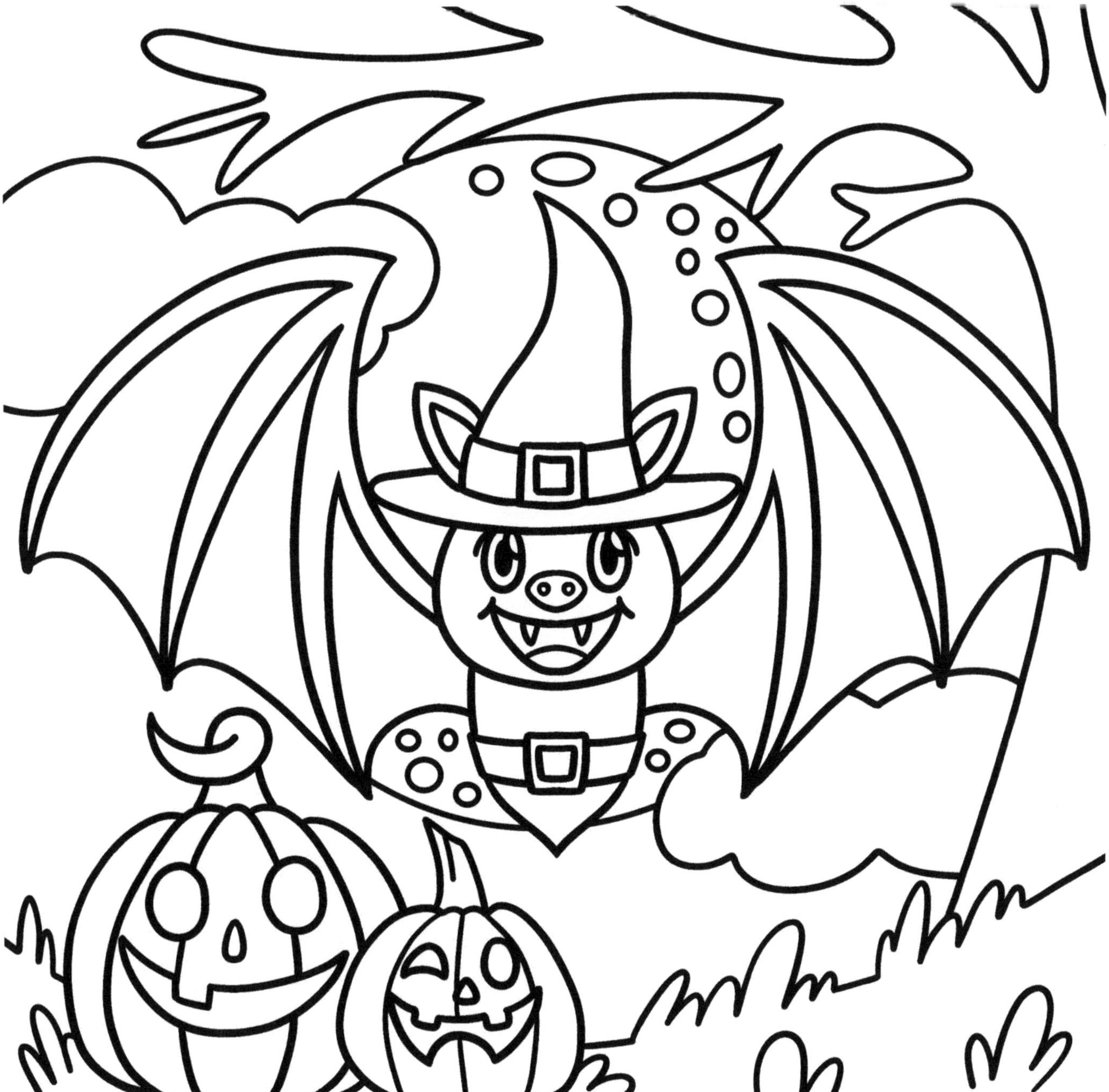

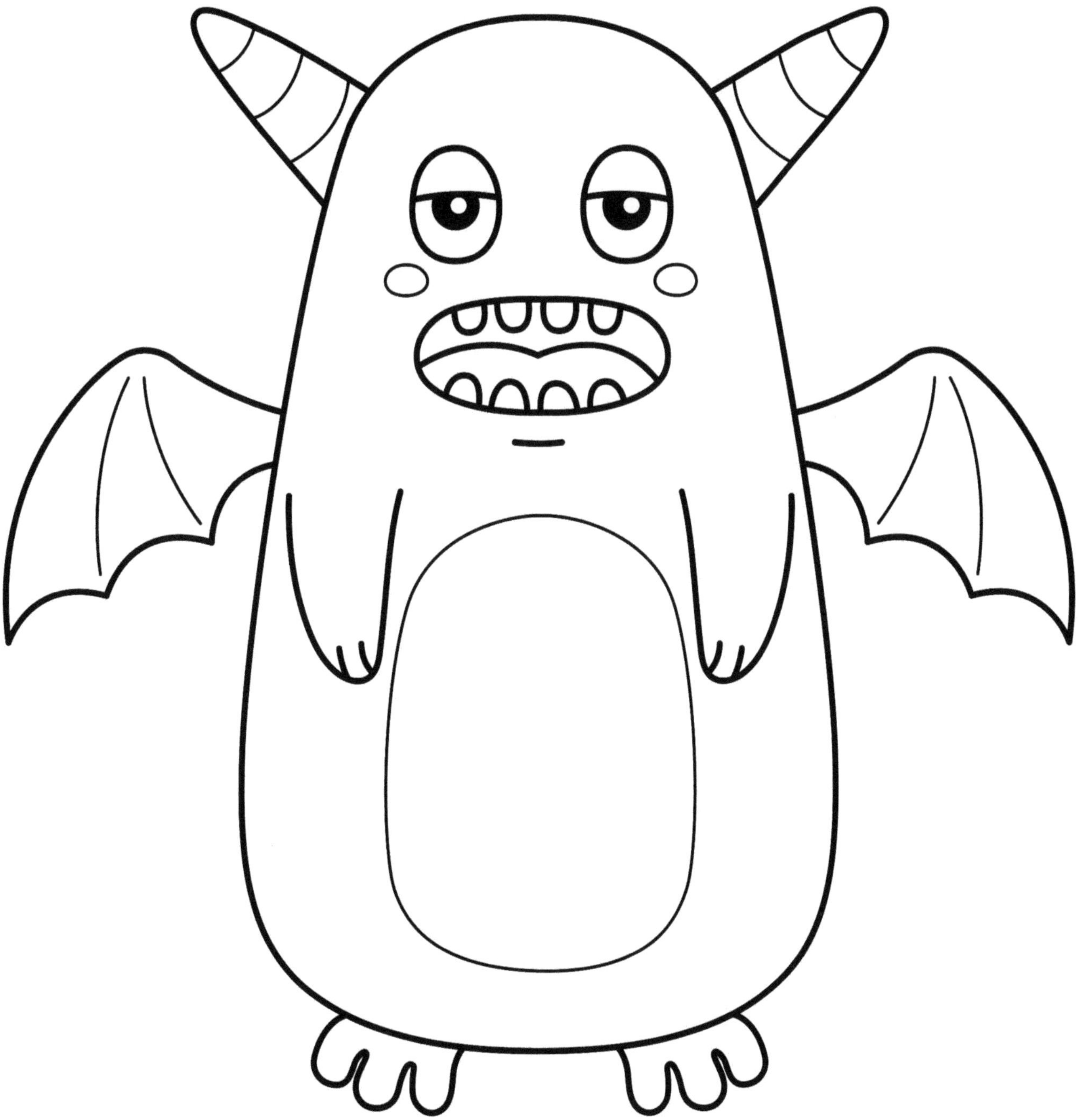

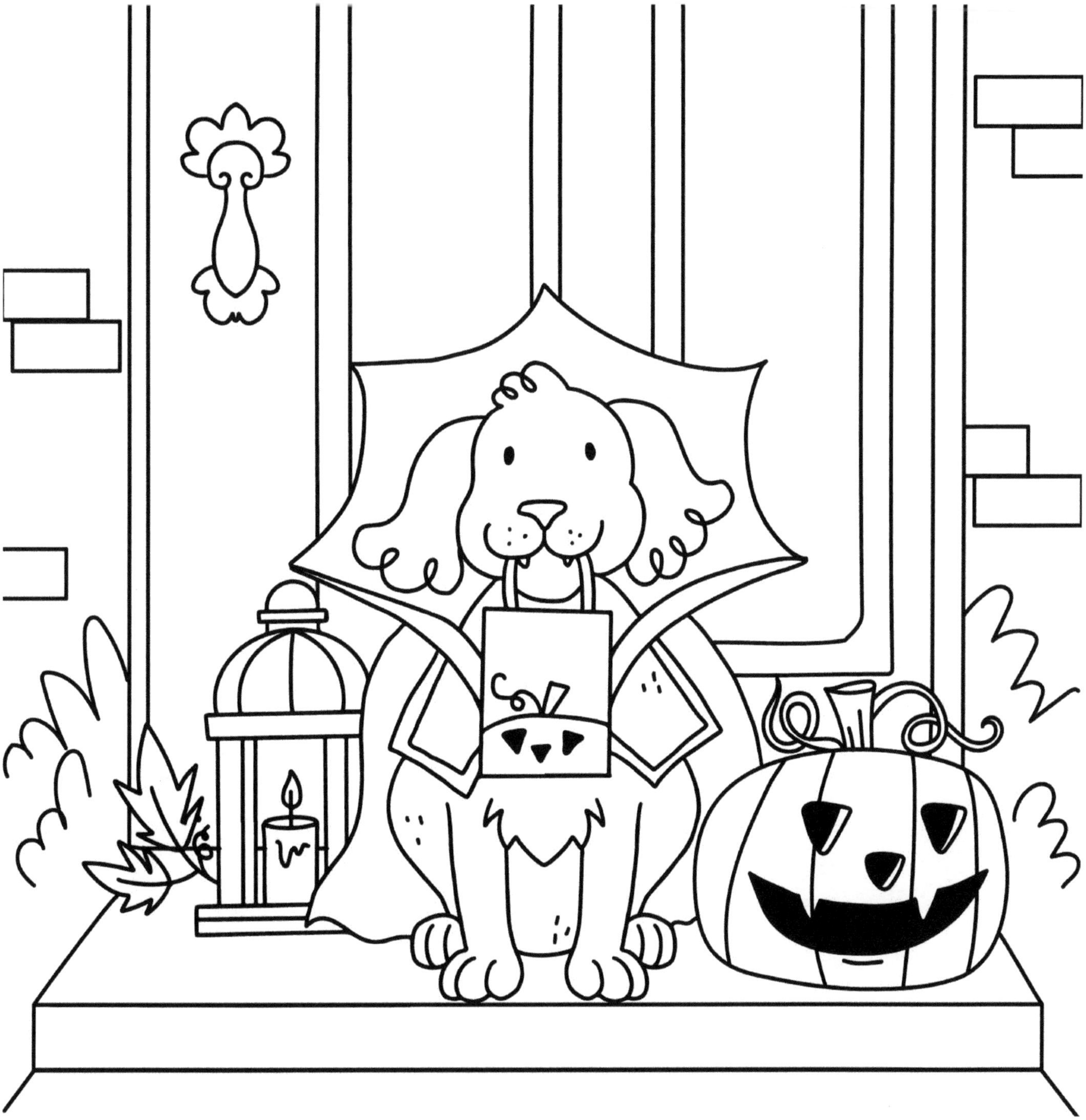

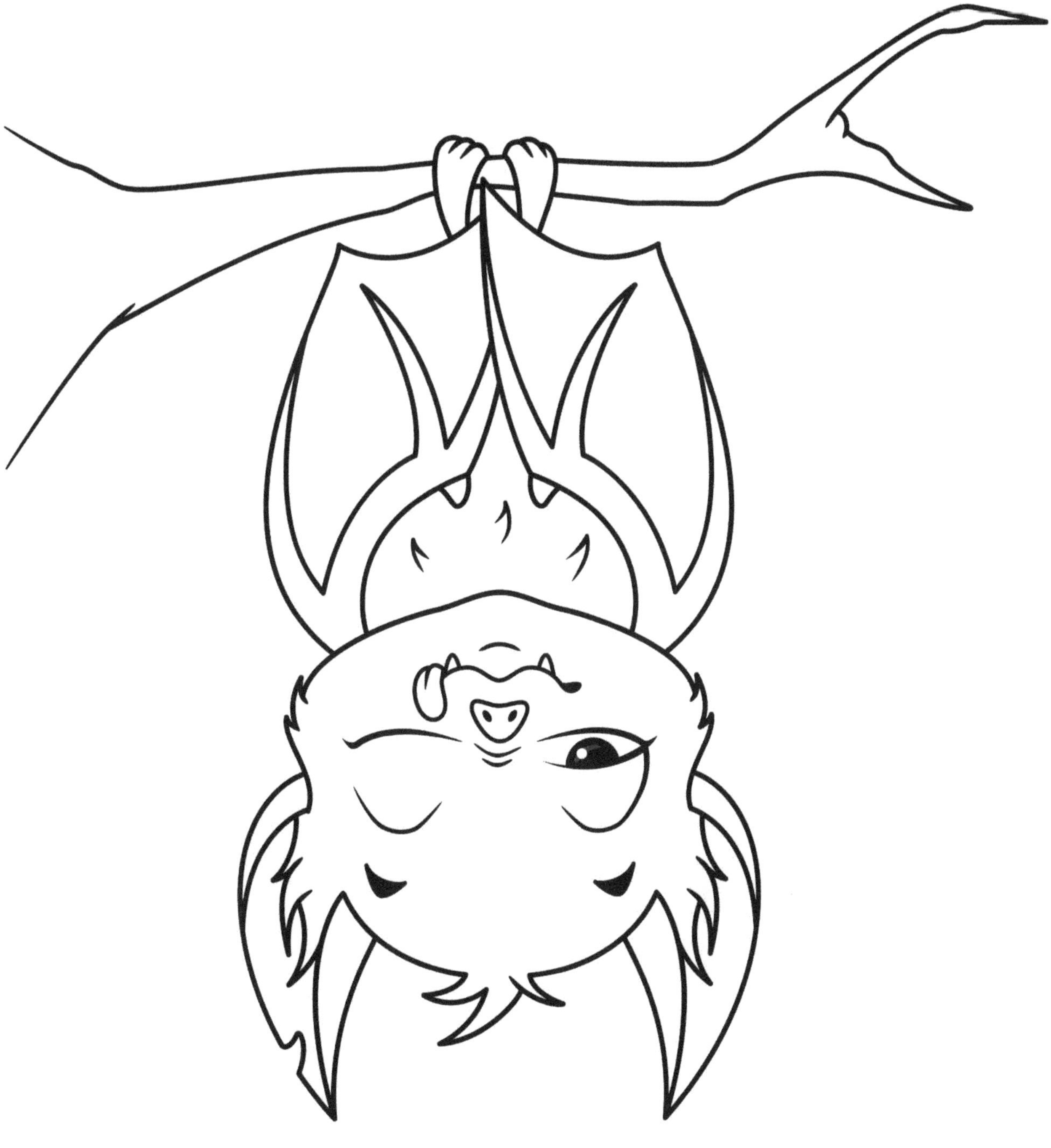

Milton Keynes UK
Ingram Content Group UK Ltd.
UKHW052351010424
440454UK00007B/123

9 798210 861559